REMARQUES

SUR

L'ARCHITECTURE

DES ANCIENS

NOTICE
DES OUVRAGES
DE M. WINCKELMANN,

Imprimés.

Lettres Familieres, 2 vol. *in-8°*. avec son Portrait.
Remarques sur l'Architecture des Anciens.
—— du Temple de Girgenti.

Ces deux articles sont dans le même volume.

Sous Presse.

Histoire de l'Art chez les Anciens, 3 Volumes *in-8°*. avec
figures, dont il y en a déjà douze de gravées. On en peut
voir des épreuves chez Savoye, Libraire, rue S. Jacques,
& Barrois l'aîné, Libraire, Quai des Augustins.

Lettres sur Herculanum.

Relation des nouvelles découvertes d'Herculanum, en un vol.

Son Allégorie, en un volume.

Réflexions sur l'imitation des Artistes Grecs, dans la Peinture
& dans la Sculpture ; avec une Lettre, & des éclaircisse-
mens sur le même sujet.

Sur le sentiment du Beau dans les Ouvrages de l'Art, & sur
le moyen de l'acquérir.

Réflexions sur la grace dans les Ouvrages de l'Art.

Ces trois Ouvrages seront réunis en deux volumes.

Monumens des Anciens, avec figures.

On ne peut annoncer combien ce dernier aura de volumes.

Description des Pierres gravées du Cabinet de Stosch.
Œuvres complettes de M. Antoine Raphael Mengs, 2 vol.
in-8°. sous presse, paroîtront en 1784.

REMARQUES

SUR

L'ARCHITECTURE

DES ANCIENS,

PAR M. WINCKELMANN,

Président des Antiquités du Pape, &c. &c.

A PARIS,

Chez BARROIS l'aîné, Libraire, Quai des Auguftins, du côté du Pont Saint-Michel.

M. DCC. LXXXIII.

Avec Approbation & Privilege du Roi.

PRÉFACE
DE L'AUTEUR.

JE dois au Public quelques Remarques sur l'*Hiſtoire de l'Art*, particulierement ſur la partie de la Sculpture des Anciens, & nommément des Grecs, dont j'ai annoncé la publication il y a deux ans. J'aurois pu, à la vérité, les donner plutôt; mais le Lecteur & moi-même nous avons tous deux gagné par ce retard. Comme je me chargeai, dans le temps, de la deſcription du cabinet des pierres gravées de M. Stoſch à Florence, je me vis obligé de faire de nouveau pluſieurs recherches, auxquelles j'ai apporté plus d'attention que je n'avois fait juſqu'alors. Cet ouvrage, que j'ai écrit en François, a été imprimé à Florence, mais la Préface & la Table des matieres ont paru à Rome. Il contient, ſans ces deux nouveaux morceaux, ſix cens pages *in-quarto*. Lorſqu'après avoir fini ce travail, je revis mon *Hiſtoire de l'Art*, je m'apperçus que j'y avois omis pluſieurs choſes néceſſaires, & même quelques preuves eſſentielles; ce qui m'engagea à former un tout autre ſyſtême de ce Livre. J'ai fait faire quelques nouveaux deſſins qu'on eſt occupé à graver, & voilà

a

quelle eft la caufe du retard qu'a éprouvé cette impreffion.

Les *Remarques fur l'Architecture des Anciens,* que je préfente aujourd'hui au Public, fe font augmentées par les recherches que j'ai faites pendant plus de cinq années, tant à Rome que dans d'autres villes d'Italie, fur tout ce qui a rapport aux arts; recherches dans lefquelles j'ai été fingulierement aidé par S. E. M. le Cardinal Alexandre Albani, le plus grand Antiquaire qu'il y ait jamais eu, & par les obfervations que m'a fournies M. Clériffeau, Architecte, très-verfé dans la fcience de l'antiquité (1).

Le Savant qui a étudié l'antiquité, & qui s'eft procuré les connoiffances néceffaires, pourra auffi bien juger de ce que je vais dire fur l'Architecture, qu'un Architecte; & l'on peut appliquer ici ce qu'Ariftote a dit des Spartiates : « Ils ne con-» noiffent point les principes de la mufique, cepen-» dant ils favent très-bien en juger (2). Je veux parler ici des connoiffances requifes aux maîtres de l'Art. D'ailleurs, pour tirer quelque fruit de l'étude de l'Antiquité, il eft auffi néceffaire d'avoir certaines notions de l'Architecture, & d'avoir fait

---

(1) Voyez la Correfpondance de M. Winckelmann avec M. Clériffeau, qui fe trouve dans le fecond volume, page 204 des *Lettres familieres de Winckelmann.*

(2) Polit. L. VIII, C. 5, I, 23. Ed. Wechel, 1577. 4.

des recherches fur cet Art, qu'il eſt néceſſaire d'avoir des idées préciſes & exactes de la Peinture & de la Sculpture; & l'on ſait que la vue des anciens édifices fait naître le deſir de l'étudier plus particulierement.

Il paroît étonnant que pluſieurs anciens monumens d'Architecture, tels que ceux de la ville de Poſidonia ou Peſtum, aujourd'hui Peſti, ou Peſto, ſur le bord du golfe de Salerne, dont j'aurai occaſion de parler pluſieurs fois dans cet ouvrage; il paroît étonnant, dis-je, que ces monumens n'aient pas reveillé l'attention de ceux qui étoient faits pour les admirer & les décrire. Cluvier, qui a fait le voyage de Peſtum, ainſi que de toute l'Italie, & qui a tout examiné avec exactitude, ne dit cependant que peu de choſe des ruines de cette ville; & tous les autres Ecrivains qui ont donné la deſcription du royaume de Naples en parlent avec le même laconiſme. Il y a environ dix ans que quelques Anglois allerent voir ces ruines, & c'eſt depuis ce temps-là qu'on a commencé à en parler. M. le Comte de Gazoles, de Parme, Commandant de l'Artillerie du Roi des Deux-Siciles, a fait lever & deſſiner avec beaucoup de ſoin, il y a quatre ans, les plans des édifices de Peſtum, qu'on grave maintenant. En 1758, le Baron Antonini, (âgé de 80 ans, & frere de l'Auteur de l'excellent Dictionnaire

Italien & François, en deux volumes *in-*4°. publia à Naples une description de la Lucanie, & il se proposoit de parler des ruines de la ville de Pestum, qui se trouvoit dans cette contrée. Il s'étoit transporté pour cela plusieurs fois sur les lieux, ainsi qu'il me l'a dit lui-même, possédant quelques terres dans ce canton ; mais ce qu'il avoit écrit sur ce sujet s'est trouvé si mal rédigé, qu'il n'a pas été possible d'en faire usage ; & M. le Marquis Galiani, de Naples, publia ensuite ce que M. Antonini s'étoit proposé de dire de Pestum. Il a néanmoins adopté une grande erreur ; il prétend que Pestum avoit une forme circulaire, & c'est exactement le contraire, car les murs de clôture de cette ville formoient un quarré. Si l'on prend la peine de comparer ce que je vais dire dans ces Remarques sur les édifices de Pestum, avec ce qu'en a dit M. le Marquis Galiani, on s'appercevra facilement combien les descriptions de cet Ecrivain sont fautives & peu satisfaisantes.

Tous les murs de clôture du quarré de la ville de Pestum, située à un mille & demi d'Italie du bord du golfe de Salerne, avec les quatre tours des angles, se sont conservés en entier, & ces murs sont bâtis de très-grandes pierres quadrangulaires ou oblongues, jointes ensemble sans ciment ; de maniere que le côté extérieur de ces

pierres offre une furface taillée en forme de dia-
mant. Ces murs font couronnés de diftance en
diftance par des tourelles rondes. En dedans des
murs, & au centre de l'ancienne ville, font deux
temples & un autre édifice public, qui a été ou une
bafilique, ou un paleftre ou gymnafe (1). Ces
édifices font fans contredit les plus anciens monumens que nous ayons de l'Architecture Grecque,
& ceux qui, avec le temple de Girgenti en Sicile
& le Pantheon à Rome, font les mieux confervés;
car l'un de ces temples a encore fon frontifpice
entier par-devant & par-derriere, & la plus grande
partie de l'autre refte fur pied.

Ces deux temples font, de même que le troifieme édifice, péripteres, c'eft-à-dire qu'il y regne
tout au tour une colonnade ifolée, & qu'ils ont un
portique par-devant & un par-derriere. Le plus
grand temple, qui eft celui qui a le moins fouffert, a fix colonnes par-devant & autant par-derriere, avec quatorze colonnes fur les côtés, en
comptant deux fois celles des angles. Le petit
temple eft décoré, comme le grand, de fix colonnes par-devant & fix par-derriere, & de treize
fur les côtés. Le *dedans du temple* (*cella*) (2)

---

(1) Lieux d'exercice.

(2) Cette partie des temples étoit fans doute ainfi nommée,
parce qu'elle étoit petite en comparaifon de tout l'édifice,
dont les portiques qui régnoient tout autour de la *cella* occu-

étoit dans celui-ci, comme cela fe pratiquoit ordinairement, fermé par un mur; & celui du grand
temple avoit par-devant & par derriere un portique particulier de deux colonnes à l'entrée, avec
les pilaſtres des angles, & il étoit de même décoré
de deux rangs de colonnes en dedans de la
çella; chaque rangée étant de fept colonnes, dont
pluſieurs font encore fur pied. Le *dedans* de l'autre
temple n'a de portique particulier que par devant,
avec le même nombre de colonnes que le précédent;
& dans cette partie intérieure, il y a vers le bout
une éminence en forme de grand quarré long, qui
paroît avoir fervi d'autel. Dans le grand temple,
il y avoit au-deſſus des colonnes d'en bas, du
dedans, un fecond ordre de colonnes plus petites,
dont la plûpart fe font de même conſervées. Toutes
ces colonnes font de l'ordre dorique cannelé, &
elles n'ont pas cinq diametres d'élévation, ainſi
que je le ferai voir dans ces Remarques. De plus,
elles n'ont point de baſe; & celles de la colonnade
du grand temple ont vers le chapiteau deux gor-
gerins ou canaux renfoncés (*collarini*); de forte
qu'une partie de ces cannelures y fait faillie de
quelques pouces, juſqu'au chapiteau.

---

poient la princ pale partie. Nous avons adopté, d'après Per-
rault dans fa traduction de Vitruve, le terme de *dedans du
Temple*, qui femble répondre à ce qu'on appelle dans nos
Eglifes, le *Chœur*.

La *cella* des deux temples eſt élevée de trois marches au - deſſus de la colonnade extérieure du temple ; & ces marches, de même que celles qui regnent tout autour du temple, ſont d'une hauteur extraordinaire, comme je le dirai plus au long dans cet ouvrage. C'eſt par ces marches qu'on ſe rend dans la *cella* ; & les portiques, qui dans leur longueur ont deux colonnes & un pilaſtre, ainſi que nous l'avons obſervé, préſentent trois colonnes ſur leur profondeur. Les portiques de l'intérieur du grand temple ſont de quarante-deux palmes & demi de longueur ſur vingt-quatre palmes de largeur. Il faut remarquer au petit temple, comme une choſe particuliere, que dans le portique du *dedans*, la troiſieme colonne porte de chaque côté de la profondeur, ou de la largeur, comme on voudra l'appeller, ſur la troiſieme des marches qui conduiſent à la *cella* ; & ces deux colonnes ont au bas de leur fuſt un tambour, outre leur baſe ou plinthe, lequel néanmoins eſt d'une forme ronde. On voit donc que dès les temps les plus reculés, il y avoit des colonnes doriques avec des baſes, ce que perſonne n'avoit encore remarqué juſqu'à préſent.

Les entre-colonnemens des temples ne ſont pas d'un diametre & demi des colonnes, comme Vitruve veut qu'ils le ſoient ; car le diametre des colonnes du grand temple eſt de ſept palmes &

cinq huitiemes , & les entre-colonnemens ont huit palmes entiers. Il faut d'ailleurs remarquer comme quelque chofe de fingulier , que les entre-colonnemens de la colonnade extérieure , qui regne autour du temple, ont un canal ou champ renfoncé d'environ la largeur d'un doigt ; lequel renfoncement remplit tout l'efpace entre les pieds des colonnes. Les colonnes du *dedans* de ce temple ont cinq palmes & un tiers de leur diametre d'élévation.

La longueur du grand temple eft de trois cens quatre-vingt-fix palmes, fur une largeur de quatre-vingt-feize ; la largeur du dedans (*cella*) eft de quarante-deux palmes & demi. La longueur du petit temple va à foixante feize palmes fur cinquante-cinq de large ; & la largeur du *dedans* de ce même temple eft de vingt - huit palmes.

Le troifieme édifice eft décoré de neuf colonnes par-devant & autant par-derriere, & de dix-huit fur les côtés, en comptant deux fois les colonnes des angles. Toutes ces colonnes ont, deffous leur chapiteau, des ornemens étroits enlacés les uns dans les autres, d'un travail fupérieurement beau, qui dans quelques-unes fe reffemble, mais qui eft différent dans la plus grande partie. La maffe de ce bâtiment eft de cent cinq palmes de long fur quatre-vingt-douze de large. Cet édifice a , comme les deux temples , un endroit enclos

(*cella*) de quarante-trois palmes & demi de large, avec trois rangs de colonnes dans l'intérieur, dont les trois colonnes & les pilaſtres des angles ſe trouvent à l'entrée de ce bâtiment intérieur. De chaque côté il y a encore trois colonnes ſur pied du rang du milieu intérieur. Le diametre des colonnes eſt de cinq palmes trois quarts; & l'entre-colonnement a onze palmes & deux tiers : ce qui s'écarte par conſéquent des regles de Vitruve. Tout le terrein de cet édifice a une douce pente en talus des deux côtés, afin de faciliter l'écoulement des eaux de pluie.

Il faut remarquer que ces trois édifices ont encore les deux parties inférieures de l'entablement qui portent ſur les colonnes, c'eſt-à-dire la friſe & l'architrave, bien conſervées; mais la troiſieme partie de l'entablement, ſavoir la corniche, manque à tous les trois.

Je parlerai des caracteres de l'ordre dorique de ces bâtimens dans mes Remarques. La longueur & la largeur de ces édifices ont été priſes de la troiſieme des marches par leſquelles on y monte; & le palme dont on s'eſt ſervi eſt celui de Naples, qui eſt plus grand que celui de Rome (1).

_____

(1) Le palme Romain moderne a huit pouces trois lignes & demie; le palme de Naples eſt de huit pouces ſept lignes.

Outre les édifices dont nous venons de parler, il y a eu sur la place de la ville un amphithéâtre, dont on voit encore les voûtes d'en bas, & dix rangs des marches ou gradins. Suivant Antonini, sa longueur est de cent soixante-cinq palmes, sur cent vingt de large. On y trouve aussi les indices d'un théâtre ; & hors des murs il y a trois tombeaux de briques.

Voilà la description la plus exacte qu'on puisse donner des antiquités de la ville de Pestum, sans faire usage de planches. On m'a assuré qu'à Velia, qu'on appelloit aussi anciennement Elea, (ville dont l'école Eléatique a pris son nom), à quinze milles d'Italie au-delà de Pestum, on voit encore aujourd'hui les restes considérables d'anciens édifices & des temples à moitié conservés. Je ne crois cependant pas qu'on en ait parlé jusqu'à présent.

A Crotone, dans la grande Grèce, il subsiste aussi des ruines, auxquelles on donne aujourd'hui le nom d'*Ecole de Pythagore.* Mais excepté les monumens dont nous venons de parler, il s'en est peu conservé dans ces contrées où se trouvoient anciennement de si grandes & de si célèbres villes, ainsi que je l'ai appris, entr'autres de Mylord Brudnell, qui a parcouru, il y a environ trois ans, toute la côte de la Calabre, jusqu'à Tarente.

Quant aux anciens monumens d'Architecture
en Sicile, c'est le Pere Pancrazi qui en a donné
les premiers dessins, il y a quelques années, dans
sa *Sicilia illustrata* ; & j'ai rectifié, dans un petit
écrit (1), sur de bons mémoires, la description
qu'il a publiée des ruines du temple de Jupiter
Olympien à Agrigente, aujourd'hui Girgenti.
Les autres monumens de l'Architecture des Anciens dans cette île, ont été entiérement détruits
par la main du temps, ou par la fureur des Barbares (2).

(1) Le petit écrit dont il est ici question a pour titre :
Remarques sur l'Architecture de l'ancien temple de Girgenti,
en Sicile, qui se trouve à la fin du 2ᵉ vol. des *Lettres Familieres de Winckelmann*, & que nous avons cru devoir mettre
à la suite de ces Remarques, comme formant ensemble tout
ce que M. W. a dit sur l'Architecture des Anciens.

(2) Si M. Winckelmann avoit été mieux instruit, ou s'il
avoit été lui-même sur les lieux, il n'auroit pas avancé ici
que le temps & les guerres ont détruit tous les anciens monumens de la Sicile. Les voyages du Baron de Riedesel & de
Brydone, qui ont paru depuis que ces Remarques sur l'Architecture des Anciens ont été publiées, l'auroient déja en
partie détrompé sur son erreur à ce sujet; mais il en auroit
encore été plus pleinement convaincu, s'il avoit pu voir le
Voyage Pittoresque des îles de Malte, de Sicile & de Li-
pari. M. Houel, Peintre du Roi & Auteur de cet ouvrage,
a passé quatre années à faire des recherches dans les différentes
parties de la Sicile, sur tout ce qui peut intéresser les Artistes
& les Amateurs. Il a tout mesuré, dessiné, peint & écrit

En 1759, M. Le Roy fit connoître la plus grande partie des temples de la Grece, ou en donna des deffins plus corrects. Au mois de

---

fur les lieux. De cette collection, il a formé un corps d'ouvrage qui fe publie, depuis un an, par foufcription, & qui, felon le Profpectus, confiftera en trois cens planches. Les Amateurs de l'antiquité y trouveront, finon en totalité, du moins en partie, vingt-fix temples, dont deux font encore fur pied & affez bien confervés; fix théâtres, deux amphithéâtres, trois monumens triomphaux, des palais, des murs de villes, des ponts ayant encore leur pavé antique, des naumachies, des réfervoirs d'eau, des aqueducs, des puits creufés dans le roc, d'autres faits en terre cuite, des bains de différentes efpeces, des tombeaux très-variés dans leur forme, leur grandeur & leur conftruction, des écuries antiques; enfin de ces édifices de caractere fingulier dont nous ignorons les ufages, des ftatues, des bas-reliefs, des vafes en marbre, ornés de fculpture, des vafes étrufques, grecs & autres, en terre cuite; des fragmens d'architecture, des meubles & des uftenfiles, & généralement tout ce qui peut donner une idée de ces temps reculés.

Ce Voyageur, Peintre & Architecte, grave lui-même cet ouvrage; & les cinq livraifons dont les Soufcripteurs font en poffeffion, prouvent qu'il fera auffi curieux qu'utile pour les arts. Il a joint à ce qu'il a recueilli de monumens antiques, les principaux phénomenes de la nature en différens genres, notament des détails très-curieux fur le Mont Etna. A ces grandes chofes, il a uni ce que les arts & métiers, ainfi que le coftume de ces peuples, offrent d'intéreffant; ce qui lui a fourni des matériaux très-variés, & qui jettent le plus grand intérêt fur cet ouvrage.

Mai, de l'année 1750, deux Peintres Anglois, MM. Jacques Stuart & Nicolas Revett, entreprirent le voyage de la Grece, après avoir exercé pendant quelques années leur art à Rome. Leurs amis en Angleterre leur procurerent un secours considérable pour cette entreprise, par forme de souscription pour l'ouvrage qu'ils devoient en publier ; quelques-uns en payerent d'avance un grand nombre d'exemplaires, dont le prix fut porté à environ deux guinées. Ces Voyageurs commencerent la premiere année par visiter Pola & la Dalmatie, où ils firent dessiner avec soin tous les anciens monumens qu'ils purent découvrir. L'année d'ensuite, ils se rendirent dans la Grece, où ils resterent quatre ans, & revinrent à Marseille au mois de Décembre de l'année 1754. MM. Dawkins & Bovery, qui, à leurs propres frais, avoient équipé un navire avec toutes les choses nécessaires pour faire leur dispendieux voyage au Levant, & à qui nous devons la description des ruines de Palmyre, trouverent leurs deux compatriotes à Athenes, & les engagerent à poursuivre leur entreprise. Bovery, le compagnon de voyage de Dawkins, mourut d'une fievre-chaude, dans la presqu'île de Negrepont ; cependant Dawkins continua son voyage avec M. Wood, qui publia l'ouvrage sur Palmyre. Dawkins étant de retour

dans fa patrie , ne ceffa d'encourager les recherches fur les antiquités de la Grece ; & M. Stuart
trouva dans fa maifon tous les fecours qu'il pouvoit
defirer pour faire graver fes deffins , pour lefquels
il employa deux Artiftes , MM. Strange & Bezaire.
Il y a environ deux ans que Dawkins mourut à
la fleur de fon âge , & l'on doit regarder la mort
de ce favant Amateur comme une perte réelle
pour les arts & les fciences. On a continué l'ouvrage fur les antiquités de la Grece , dont on
a publié le plan ; & il y a deux ans que les planches
du premier volume font gravées. On attend avec
impatience cet ouvrage qui doit être plus étendu
& mieux détaillé que celui de M. le Roy ; car
le Voyageur Anglois a paffé autant d'années dans
la Grece , que l'Ecrivain François y a refté de
mois (1).

Il nous manque encore un pareil ouvrage fur les
édifices de Thébes , & d'autres lieux de l'Egypte.
C'eft un travail que Norden auroit dû entrepren-
dre , s'il en avoit eu le temps & les moyens ; & c'eft
alors qu'il auroit pu produire un ouvrage véritable-

---

(1) M. le Comte de Choifeul-Gouffier a auffi fait mefurer
toutes ces ruines avec la plus grande exactitude , & le Public
attend de lui tous ces détails , dont la fufpenfion de l'ouvrage
Anglois a privé jufqu'ici les Amateurs de l'antiquité.

ment digne de la reconnoiſſance de la poſtérité, tandis qu'il ne nous a donné que des choſes connues, ou de peu d'importance (1).

Qu'il me ſoit permis d'ajouter ici deux mots ſur la reconnoiſſance que je dois au R. P. Rauch, Confeſſeur de Sa Majeſté le Roi de Pologne, qui m'a tenu lieu de pere, d'ami & de tout ce que j'ai de plus cher au monde ; c'eſt à lui ſeul que je dois le bonheur dont je jouis ; bonheur qui me rappelle à chaque moment ſes bontés. Mon cœur eſt ſans ceſſe rempli de lui, & lui ſeul eſt l'objet de mes vœux, que je prie le Ciel d'exaucer. Un autre témoignage que demande ma gratitude, & que j'eſperois manifeſter d'une maniere plus convenable, c'eſt celui que je dois à M. Wille, Graveur du Roi à Paris (2), & à M. Fueſsli, Peintre & Secrétaire de la ville de Zurich. La maniere généreuſe avec laquelle ils ont bien voulu me rendre ſervice, ſans même me connoître perſonnellement, fait honneur à l'humanité ; mais leur modeſtie ne me

---

(1) Voyez ce qui eſt dit de ce voyage du Capitaine Norden dans la troiſieme Lettre de M. Winckelmann à M. Deſmareſt, *tome 2, page 294 des Lettres Familieres de M. Winckelmann.*

(2) Voyez ce que M. Winckelmann dit ſur ce ſujet dans ſes Lettres à M. Wille, qui ſe trouvent dans le ſecond volume de ſes *Lettres Familieres,* pages 217 & ſuivantes.

permet point d'agir ici contre leur volonté, qui étoit de faire le bien fans être connus. Je me mets fous les aufpices de tous les Amateurs des arts, mes bienfaiĉteurs & mes amis, tant en Allemagne que dans d'autres pays.

Rome, le premier Décembre 1760.

PLAN

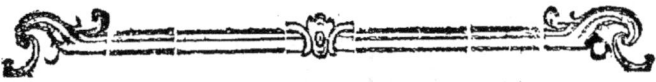

PLAN
DE L'OUVRAGE.

I°. De la conſtruction des Édifices en général.

I. Les matériaux.

1. Les briques.
2. Les pierres.
3. Le ciment, & particuliérement la pouzzolane.

II. L'art de bâtir.

1. Les fondemens.
   1. Sur un terrein uni.
   2. A mi-côte, ou dans la mer.
2. Les murs ſur les fondemens.
   1. De pierres.
   2. De briques.
      1. La maſſe.
      2. Le revêtement.

III. La forme des Édifices.

1. De la forme, particuliérement des Temples en général.
2. Des Édifices ſur colonnes.
   1. Des colonnes en général.
   2. De l'ordre des colonnes en particulier.
      1. Du Toſcan.
      2. Du Dorique.
      3. De l'Ionique.
      4. Du Corinthien.
      5. Du Romain ou Compoſite.
      6. Des colonnes ovales.

A

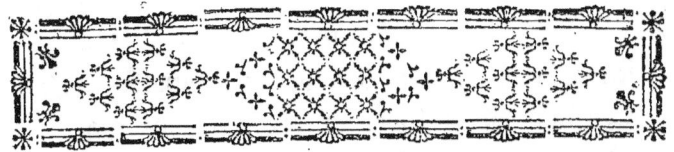

REMARQUES

SUR

L'ARCHITECTURE

DES ANCIENS.

CHAPITRE PREMIER.

De la Conſtruction des Édifices en général.

JE me propoſe de communiquer, dans cet ouvrage, au Public quelques remarques & quelques obſervations ſur l'Architecture, que je dois en grande partie à ma propre expérience & à mes recherches. Elles auront pour objet les deux parties de l'Architecture ; ſavoir : *La Conſtruction des édifices en général, & les Ornemens qui ſervent à les embellir.*

Dans la premiere Partie, qui traite de la *Conſtruction des Édifices*, je comprends tous les matériaux, & l'art de les employer ou de bâtir, ainſi que la forme des édifices & leurs principales parties.

Les matériaux font les briques, les pierres & le ciment ; car nous ne parlerons point ici du bois dont on fe fervoit néanmoins aufsi dans la Grèce pour les édifices & pour les temples, tel qu'étoit celui qu'Agamedes & Trophonius dédierent à Neptune (1). Dans le principe, les briques n'étoient pas cuites au four, mais feulement féchées pendant quelques années au foleil : les Grecs, ainfi que les Romains, en faifoient un grand ufage. C'eft de pareilles briques qu'étoient faits les murs de Mantinée & ceux de Eione, au bord du fleuve Strymon dans la Thrace (2), un temple à Panopée (3), un autre temple de Cerès (4), tous deux dans la Phocide, un périftile dans Epidaure (5), & un tombeau de la ville détruite de Lepreos en Élide (6). Il paroît, fuivant Vitruve, que la plupart des maifons de Rome & des environs de cette ville étoient conftruites de pareilles briques ; & cet Ecrivain (7) traite fort au long de la maniere de les faire ; cependant

---

(1) Paufan. l. VIII, p. 618, l. 28, ed. Kuhnii.
(2) *Id. ibid.* p. 614, l. 23.
(3) *Id.* l. X, p. 806, l. 10.
(4) *Id. ibid.* p. 889, l. 26.
(5) *Id.* l. II, p. 174, l. 26.
(6) *Id.* l. V, p. 386, l. 10.
(7) Vitruv. l. II, c. 3.

Paufanias (1) nous apprend que ces briques fe décompofoient par le foleil & par l'eau. A la terre deftinée à faire des briques cuites, on mêloit du *tuf* pilé, connu aujourd'hui fous le nom de *fperone*, lequel eft jaunâtre, mais qui devient rougeâtre dans le feu ; couleur dont eft encore le grain intérieur de la brique. Ces briques, pour la conftruction des murs n'étoient pas épaiffes, mais fort longues. Leur épaiffeur n'alloit pas au-delà d'un pouce, tandis qu'elles avoient jufqu'à trois & quatre palmes de fuperficie. Vitruve en parle, & elles fervoient particulierement pour les vouffures.

Les premieres pierres dont on fe fervit pour les édifices publics, tant dans la Grèce qu'à Rome, étoient une efpèce de tuf. Le temple de Jupiter à Elis (2) en étoit bâti. Un temple de Girgenti en Sicile, le temple & l'édifice de Peftum, fur le bord du golfe de Salerne, ainfi que les murs quarrés de cette même ville, étoient tous conftruits avec de pareilles pierres. Cette concrétion pierreufe eft de deux efpèces : la premiere fe forme d'une humidité lapidifique ; elle eft blanchâtre & verdâtre, d'une nature fpongieufe, & par cette raifon plus légere que les autres efpèces de pierres, & que le marbre ;

---

1) Paufan. l. VIII, p. 614, l. 29.
(2) *Id.* l. V, p. 397, lin. ult.

cette pierre eſt connue ſous le nom de *travertin*,
& ſe trouve près de Tivoli. La ſeconde eſpèce eſt
une terre pétrifiée; elle eſt quelquefois d'un noir
grisâtre, & quelquefois roſacée : c'eſt celle qu'on
appelle en Italie *tufo*, & en France *tuf*. Vitruve
lui (1) donne le nom de *pierre rouge*, qu'on
trouve aux environs de Rome ; c'eſt ce que Perrault (2) a ignoré.

L'une de ces eſpèces eſt enlevée du roc au-deſſus
de la terre, l'autre ſe tire du ſein de la terre même.
Celle-ci ſe trouve généralement dans les endroits
où il y a des ſources ſulfureuſes, telles que
celles de Tivoli & de Peſtum ; c'eſt près de cette
ville que le ruiſſeau ſulfureux, dont parle
Strabon, ſe jette dans la Mer.

Le travertin en particulier ſe forme des eaux
de l'Anieno, aujourd'hui le Teverone, à qui on
attribue une qualité pétrifiante ; & des ſources
ſulfureuſes de Tivoli. Ces carrieres reprennent en
peu de temps, & l'on y a trouvé des inſtrumens
de fer des carriers qui prouvent ce fait. Le marbre
croit de même de nouveau, car on a trouvé un
pied de chevre de fer dans un bloc de marbre
de l'eſpèce appellée marbre d'Afrique, qu'on
vouloit ſcier pour l'employer à l'égliſe *Della-*

---

(1) Vitruv. lib. II, c. 7.
(2) Vitruve, p. 40, n°. 1, éd. de 1684.

Morte, derriere le palais Farnefe à Rome. Cette croiffance eft néanmoins plus remarquable encore dans le porphyre, puifqu'on y trouva, il y a trente ans, une médaille d'or d'Augufte.

La feconde efpèce de pierre, favoir le tuf, eft d'une qualité terreufe & beaucoup plus tendre que le travertin; on en trouve près de Naples une efpèce qu'on travaille avec la coignée. L'autre efpèce de tuf fe fouille auffi dans les environs de Naples, & s'appelle *Rapillo;* mais peut-être faudroit-il dire *Lapillo.* C'eft un moëllon plus lapidifié & plus noir, qui fert à faire le plancher dans plufieurs maifons, & à couvrir tous les toits horifontaux. Ce moëllon fe trouve auffi à Frafcati, près de l'ancien Tufculum, où il eft connu fous le nom de *Rapillo.* C'eft probablement une ancienne production volcanique des montagnes de ce canton, où l'on en trouve une grande quantité; & lorfqu'on lit dans l'ancienne hiftoire Romaine, qu'on a quelquefois vu tomber à Albano des pluies de pierres, il faut fans doute attribuer ce phénomène à quelque éruption volcanique des montagnes voifines.

Les Anciens enlevoient le tuf par maffes quarrées, & l'employoient non-feulement pour les fondemens, mais ils en conftruifoient auffi des édifices entiers; & les aqueducs hors de Rome qui ne font pas de briques, font faits de tuf; l'intérieur des murs du Colifée eft de la même pierre. Aujourd'hui on tire le tuf des carrieres en petits blocs, tels que le hoyau les fépare de la maffe, & on le fait fervir pour les fondemens & les voûtes, ou pour garnir les murs, comme je le ferai voir plus bas.

On employa auffi pour les premiers bâtimens à Rome, & dans les environs de cette ville, la pierre appellée *peperino*, qui eft une efpèce de pierre d'un gris foncé plus dure que le tuf & plus tendre que le travertin, par conféquent plus facile à travailler que cette derniere. Les Anciens lui donnoient le nom *de pierre d'Albano* (1), parce qu'on en enlevoit beaucoup à Albano; ce que les Commentateurs & les Traducteurs des Ecrivains que nous avons cités n'ont pas remarqué. Aujourd'hui on l'appelle à Rome *peperino*, & à Naples *piperno*, ou *pipierno*, nom qui vient probablement de *Piperno* (PRIVERNUM) où cette pierre fe trouvoit en grande abondance. C'eft de cette pierre que font faits les fondemens du Capitole, jetés l'an de Rome 367, dont on voit encore de nos jours cinq hauteurs de groffes pierres au-deffus de la terre, que Ficoroni a fait graver (2) : la plupart de ces pierres ont cinq palmes & demie de longueur. *La Cloaca Maffima*, le plus ancien tombeau Ro-

---

(1) Vitruv. lib. II, c. 7. Plin. lib. XXXVI. c. 48.
(2) Roma ant. p. 60.

main (1) qu'on connôiffe, près d'Albano, & un autre des plus anciens monumens Romains (2), de l'an 358 de la ville de Rome, favoir, un conduit pour l'écoulement des eaux du lac d'Albano, nommé maintenant *Lago di Caftello*, font tous conftruits de cette efpèce de pierre.

Il faut que le travertin n'ait pas été connu dans les premiers temps de Rome, car on ne gravoit alors les infcriptions que fur le *peperino*; telle que celle faite à l'honneur de L. Corn. Scipio Barbatus, le plus digne homme de fon fiécle (3). Cette infcription a été faite pendant la feconde guerre Punique, & fe voit aujourd'hui dans la bibliothéque du palais Barberin; elle eft du même âge que celle de Duillius, qui étoit fans doute gravée auffi fur la même efpèce de pierre, & non pas fur le marbre (4), comme on a prétendu le prouver par un paffage de Silius; car les fragmens de marbre ne font pas du même temps; & Selden (5), ainfi que plufieurs autres Savans, n'auroient pas été dans le doute fur la date de ce monument, s'ils avoient pu voir eux-mêmes cette infcription. Le marbre a été connu fort tard à

(1) Bartoli Sepulcr.

(2) Liv. lib. V, c. 19.

(3) (Jac. Sirmondi) Vetuftiffima Infcript. quâ L. Cor. Scipionis Elogium continetur. Romæ, 1617, 4.

(4) Ryck. de Capit. c. 33, p. 124, ed. Gandav, 1617, 4.

(5) Marm. Arundel. p. 103.

Rome, mais il le fut cependant avant l'an 676 de
cette ville, comme un Ecrivain l'a avancé (1).
Car Pline (2), que l'on cite à ce sujet, parle du
marbre de Numidie, & du premier seuil de
porte qu'on en a fait; mais il assure, au même
endroit, que l'art de scier le marbre n'a pas été
connu en Italie avant le temps d'Auguste, ce
qui paroît à peine croyable. Quoi qu'il en soit,
on a employé le marbre sans se servir de la scie
à deux monumens du temps de la République,
qui sont le tombeau de Cecilius Metellus, appellé
aujourd'hui *Capo di Bove*, & la pyramide de
Cestius.

Le peperino, ou la pierre d'Albano, servit
aussi aux principaux édifices publics, dans le
même temps qu'on employoit avec tant de pro-
fusion le marbre à Rome. Ceux qui se sont
conservés du temps des Empereurs sont le *Forum
transitorium* de Nerva, le temple de Pallas au
forum de cet Empereur, & le temple d'Antonin
& de Faustine; un petit temple hors de Rome,
près le lac Pantano, de soixante palmes de long,
sur trente de large, dont les quatre murs sont
encore sur pied, est peut-être d'un temps plus
reculé. Ces temples cependant étoient revêtus de

_____

(1) Gozze, inscript. della Colon. Rostr. di Duillio,
(Rom. 1635, 4,) p. 8.

(2) Lib. XXXVI, c. 8.

tables de marbre, ainfi qu'il paroît par les débris qui nous en reftent.

La troifieme efpèce de matériaux, le ciment, fe préparoit chez les anciens Romains, ainfi qu'on le fait encore de nos jours, avec de la *pouzzolane*. Cette terre avoit anciennement le même nom qu'on lui donne aujourd'hui, favoir, PULVIS PUTEOLANUS, fans doute à caufe qu'on l'a découverte pour la premiere fois à *Puteoli*, aujourd'hui *Pozzuolo*, près de Naples. La pouzzolane eft ou noirâtre, ou rougeâtre : celle qui eft noirâtre eft plus ferrugineufe, plus pefante & plus feche que l'autre, & l'on s'en fert principalement pour les édifices expofés à l'eau; car comme elle eft aigre, elle fe crevaffe facilement à l'air; l'autre eft plus terreufe, & vaut mieux pour les bâtimens fur terre. La premiere efpèce fe trouve dans les environs de Naples, & non pas la feconde; mais on fouille l'une & l'autre à Rome & dans le voifinage de cette ville; il n'y en a point dans aucun autre endroit de l'Italie. Il faut obferver cependant que les Anciens ont fait peu d'ufage de la pouzzolane rouge, tandis qu'on l'eftime maintenant beaucoup plus à Rome que la noire. On ne trouve pas non plus la pouzzolane dans les terres de Rome fur le bord de la mer; & il faut que les Anciens qui l'ont employée à Antium l'aient tirée de Naples, ainfi qu'on doit encore l'y aller chercher aujourd'hui; car il en coûte moins de faire venir cette terre par mer de Naples, que de la transporter par voiture de Rome. On l'apporte en Toscane par vaisseau jusqu'à Livourne, & on en fait même passer dans d'autres Pays. Alberti (1) dans ses ouvrages sur l'architecture, parle de la pouzzolane comme d'une chose qu'il ne connoissoit que par oui-dire, &, à la vérité, elle ne pouvoit pas lui être connue autrement, parce qu'il étoit Florentin. Il confond même souvent cette terre avec le rapillo. Il paroît d'ailleurs que la pouzzolane ne s'est non plus jamais trouvée en Grèce, comme Vitruve le remarque (2); & c'est faute d'avoir cette terre que les Grecs n'ont pas pu donner à leurs voûtes la même légereté que les Romains. Il faut néanmoins qu'il aient eu le secret de faire un très-bon ciment (3), ainsi que nous le prouve encore le grand réservoir de Sparte fait de cailloux qui font corps ensemble par un ciment aussi dur que les cailloux mêmes.

Les deux espèces de pouzzolane se changent également en pierre, & l'on peut dire que le ciment en devient plus dur que la pierre même qu'il joint ensemble ; c'est ce qu'on peut voir aux

---

(1) L. II, c. 9, p. 51; L. III, c. 16, p. 95, éd. Firenza 1550, fol.

(2) L. II, c. 6.

(3) Hist. de l'Acad. des Inscript. T. XVI, p. III, edi de Paris.

ruinés des bâtimens placés fur le bord de la mer, & qu'elle baigne de fes eaux, tant à Pozzuolo, qu'à Bayes, & dans tout ce Pays, ainfi qu'à Porto d'Anzio, qui eft l'ancien Antium, dont les piliers qui formoient le port & qui le fermoient, ainfi que les bâtimens dont nous venons de parler, étoient conftruits de briques. C'eft auffi avec la pouzzolane que les Anciens conftruifoient les rues de Rome, & les grands chemins de l'Empire ; méthode qu'on a confervée jufqu'à nos jours.

Les couches de pouzzolane s'étendent fort avant dans la terre, & quelquefois jufqu'à quatre-vingt palmes de profondeur. Tout le terrein de la ville de Rome eft miné par la fouille de cette terre, & les galeries ont plufieurs milles de long ; c'eft dans ces galeries que font les catacombes. Lorfqu'on travailla aux fondemens du palais de la villa du Cardinal Alexandre Albani, on trouva trois de ces galeries l'une au-deffus de l'autre, de forte qu'on fut obligé de jetter les fondemens encore plus avant fous terre, c'eft-à-dire, à plus de quatre-vingts palmes de profondeur.

En paffant à la feconde Partie de la conftruction des édifices, il faut que nous commencions par les fondemens, qui étoient faits, ou de groffes maffes quarrées de tuf, ainfi que je l'ai déjà remarqué plus haut, ou bien de petits moëllons de ce même tuf ; ce qui étoit même la maniere la

plus ordinaire, comme elle l'eſt encore aujour-
d'hui. La platée de cette derniere maniere ſe faiſoit
de la façon ſuivante, comme on le voit encore
aux ruines : on jettoit le ciment, c'eſt-à-dire, la
chaux & la pouzzolane mêlées enſemble, par
baquets dans la foſſe, ce qu'on recouvroit enſuite
de morceaux de tuf ; manœuvre qu'on recom-
mençoit juſqu'à ce que la foſſe fût pleine. Ce
fondement ſe conſolidoit en deux jours de temps ;
il devenoit même ſi dur par le moyen de la
pouzzolane, qu'on pouvoit bâtir deſſus immédiatement après cette opération. Il faut auſſi remarquer ici, pour ce qui regarde les murailles hors
de terre, que les Anciens, conſidérant la qualité
ſolide de la pouzzolane, employoient toujours
plus de ciment que de pierre ; & c'eſt ſuivant
cette méthode que ſont faites toutes les anciennes
voûtes. Quand le cintre ou la voûte avoit d'a-
bord été couvert de carreaux ou d'ais, on y jettoit,
comme à la conſtruction des fondemens, du
ciment & de petites pierres de tuf, ou de briques pilées, & cela juſqu'à une certaine épaiſſeur,
laquelle eſt de neuf palmes aux bains de Dio-
cletien ; après quoi on y mettoit de nouveau
une couche de ciment pour rendre la ſuperficie
de la voûte horiſontale & unie. De cette maniere
un petit nombre d'hommes pouvoient finir une
grande voûte en un ſeul jour. On peut remarquer
cette méthode de bâtir aux ouvrages dont le

revêtement est tombé, ainsi qu'aux voûtes qui se
font écroulées, telles, par exemple, que celles du
Colisée, des bains de Titus, de Caracalla, de Dioclétien, & particulierement des ruines considérables de la villa Adrienne, où l'on voit encore
les couches des ais du cintre des voûtes.

Cette maniere prompte de construire les voûtes ne se pratique plus ; on les fait aujourd'hui
avec la main, mais on se sert cependant toujours
du tuf & de la pouzzolane. Le remplissage d'en
haut, jusqu'à ce que tout soit d'égalité avec la
platée de la voûte, se fait néanmoins encore par
baquets (*a Sacco*), à peu-près comme chez les
Anciens. Par le moyen de ce ciment, on peut
donner aux voûtes la forme qu'on veut ; & l'on
fait encore actuellement à Rome des voûtes tout-
à-fait plates; de sorte que ces ouvrages paroissent à peine avoir des voussures. On laisse ces
voûtes pendant quelque temps sur leur cintre,
afin qu'elles puissent se consolider.

Comme les Anciens faisoient leurs voûtes
extrêmement fortes, ils cherchoient à les rendre
aussi légeres qu'il étoit possible ; ce qu'ils faisoient
par deux moyens différens. La maniere la plus
ordinaire étoit de remplir les voûtes avec des
scories du mont Vésuve, qui font ou rougeâtres,
ou grisâtres. On en trouve de noires près de
Viterbe, dans un endroit où il y a des sources
d'eau bouillante, dans laquelle les œufs se dur-

ciſſent en un inſtant. Ce lieu s'appelle *Bollicame*, nom qui lui vient de *Bollire*, bouillir ; & ce feu ſouterrain, ainſi que les ſcories qu'on y tire de la terre, ſemblent prouver qu'il y a eu autre-fois un volcan. Mais les ſcories de Viterbe ne ſont pas trop bonnes pour la bâtiſſe des voûtes, parce qu'elles ſont fort tendres. On remarque diſtinctement cette eſpèce de ſcories dans des édifices anciens, & on en trouva au Pantheon, lorſqu'on répara dernierement ce temple. Cepen-dant, ni Vitruve, ni ſes Commentateurs, n'ont point parlé de cette maniere de conſtruire les voûtes; & ce n'eſt qu'en paſſant qu'il fait mention des ſcories du mont Véſuve. Comme la nature de cette montagne étoit peu connue des Anciens, ils n'ont pas beaucoup cherché à en découvrir les phénomenes.

Les voûtes couvertes de pareilles ſcories ſont très-communes à Naples ; mais M. le Cardinal Albani a été le premier & juſqu'à préſent le ſeul, qui en ait fait conſtruire de ſemblables à Rome. Voici comment on procéde à cette bâtiſſe : après qu'on a dreſſé le cintre de la voûte, on maçonne les jambages des deux côtés (*le Coſcie della Volta*) comme nous l'avons déjà dit, juſqu'à la platée ou le milieu de la voûte. Cette platée eſt couverte de ſcories & de ciment, qui s'amalgament & ſe conſolident tellement
 enſemble,

enfemble, qu'il eft, pour ainfi-dire, impoffible de détruire une pareille maçonnerie.

La feconde méthode de rendre les voûtes plus légeres étoit de fe fervir d'urnes, ou de pots de terre cuite vuides, qu'on plaçoit l'ouverture par en haut ; après quoi on jettoit dans ces urnes, & tout autour, de petites pierres & du ciment par baquets. On voit un grand nombre de ces urnes dans les voûtes du Cirque de Caracalla, ou, comme d'autres (1) le prétendent, de Gallien, hors de Rome. Ariftote (2) dit qu'on s'eft fervi de pots vuides dans la conftruction des bâtimens, pour augmenter la portée de la voix.

Lorfque les fondemens des bâtimens s'étoient confolidés, ce qui ne demandoit qu'environ deux jours, on commençoit à élever les murs ; manœuvre que nous confidérons fous deux points de vue différens ; favoir, d'abord la conftruction du mur même, & enfuite fon revêtement. Les murs de pierres quarrées, foit de tuf, de peperin, de travertin, ou de marbre, fe faifoient en pofant fimplement ces pierres les unes fur les autres fans ciment, de forte qu'ils fe foutenoient par leur propre poids. Dans les temps les plus reculés, on prenoit, pour conftruire, les plus groffes pierres qu'on pouvoit trouver : c'eft

---

(1) Fabret. de Aquæduct. p. 166.
(2) Probl. lib. II, p. 92, l. 3, ed. Opp. Sylburg.

B

ce qui a fait dire que c'étoient des *ouvrages des Cyclopes* (1). C'eſt par cette même raiſon que les gens du pays donnent encore aujourd'hui le nom de *palais des Géants* (2) aux ruines du temple de Jupiter à Girgenti en Sicile. Les pierres ſont en général d'une équerre ſi juſte , & les arêtes ſi vives , que les joints reſſemblent à un fil mince ; & c'eſt ce que quelques Ecrivains ont appellé ἁρμωνία ; art qu'on admiroit particulierement au temple que Scopas (3) bâtit à Tégée (4) : les joints d'un temple de Cyzicum étoient couverts de liſteaux d'or (5).

Il eſt connu que les grandes pierres d'autres bâtimens étoient liées enſemble avec des ancres ou des clefs , leſquelles étoient de métal pour le marbre , parce que le fer y cauſe des taches de rouille. Alberti dit avoir trouvé auſſi des clefs ou des crampons de bois dans des anciens bâtimens (6) ; M. le Roi les a remarqués aux ruines

---

(1) Pauſan. lib. II, p. 156, l. 26 ; p. 169, l. 14.

(2) Fazell. rer. Sic. Dec. I, lib. VI , p. 127 , ed. Panorm. 1568.

(3) Pauſan. lib. VIII , p. 684 , l. 37.

(4) Les Traducteurs ont rendu ce mot, à l'endroit indiqué , par celui de *ſymmétrie* : on trouve cependant que Pauſanias s'en eſt preſque toujours ſervi pour ſignifier l'emboîtement des pierres. Voyez lib. II , p. 169 , l. 10 ; lib. IX , p. 777 , l. 32 ; p. 791 , l. 15.

(5) Pline, lib. XXXVI , c. 22.

(6) Archit. lib. III, c. 2 , p. 80.

d'un temple dans le territoire d'Athènes (1) ; & un de mes amis (M. Robert Mylne, Ecoſſois de nation, qui a été chargé de conſtruire un pont ſur la Tamiſe), m'a aſſuré qu'il en avoit vu à une groſſe pierre du temple de Jupiter à Girgenti.

Les groſſes pierres des murs des villes étoient de même jointes enſemble ſans ciment. Un ouvrage ſingulier en ce genre, eſt, ſans doute, une partie des murs de Fondi dans le royaume de Naples. Cette muraille eſt faite de pierres blanches à paremens polis ; mais ces pierres ſont toutes d'une forme différente, car il y en a de pentagones, d'hexagones & d'heptagones ; & c'eſt de cette maniere qu'elles ſont emboîtées les unes dans les autres. On pourra s'en faire une idée par la troiſieme planche du Vitruve de M. le Marquis Galiani, & par le pan d'un ancien mur d'Albano que Fabretti (2) a fait graver en bois. C'eſt de cette même maniere qu'étoient conſtruits les murs de Corinthe, & d'Eretria en Eubée. Il y avoit auſſi de pareils murs à Oſtia, ville de l'Epire, dont San Gallo, ancien Architecte, du temps duquel on en voyoit encore quelques reſtes, a donné le deſſin & la deſcription, qui ſe trouvent

_____

(1) Monumens de la Grèce, t. I part. I, p. 4, l. 2, ed. de Par. 1770.

(2) De columna Traj. c. 7.

B ij

fur vélin dans la Bibliothéque du palais Barberin à Rome; & j'ai parlé par occafion de ces murs dans la defcription des pierres gravées de Stofch (pag. 173). On voit auffi repréfentés fur la colonne de Trajan les murs d'une ville conftruits de femblables pierres.

Pour les voûtes des aquéducs, des ponts & des arcs de triomphe, on tailloit les pierres en forme de coin; ce que Perrault auroit pu favoir fans aller à Rome, s'il n'avoit pas voulu prouver que les Anciens n'entendoient pas la coupe des pierres (1), & que, par cette raifon, ils ne faifoient pas d'arcades de pierres, mais feulement de briques. Cet Ecrivain ne s'eft pas rappellé que Vitruve même parle (2) d'arches conftruites de pierres en forme de coin. Il fait dire auffi à fes Abbés, que cette ignorance des Anciens a été caufe qu'ils ont été obligés de faire des architraves qui alloient d'une colonne à une autre, & que comme on ne trouvoit pas toujours des pierres d'une grandeur requife, on étoit contraint de rapprocher davantage les colonnes; mais tout cela n'eft pas moins faux que ce qui précéde; car aux reftes d'un des plus anciens édifices de Rome, au Capitole, qui étoit la demeure des Sénateurs, on voit encore la partie d'en bas de

(1) Paral. des Anciens & des Modernes, t. I, p. 171.
(2) Lib. VI, c. 2, p. 249, l. 28, ed. Lugd. 1552, 4.

l'architrave, à laquelle pendent ce qu'on appelle les gouttes, avec huit chapiteaux doriques : l'efpace qui eft entre deux de ces chapiteaux prouve qu'il en manque un ; &, autant qu'on peut le voir par l'architrave, il doit y en avoir feize. Cette face eft faite de petites pierres de deux palmes chacune, lefquelles font taillées de la même maniere qu'on le feroit aujourd'hui en pareil cas.

Les murailles de petites pierres étoient en général faites de morceaux de tuf, en forme de coin, dont la furface au parement étoit quarrée, ou bien étoient garnies & couvertes de pareils cailloux, & cette efpece de maçonnerie s'appelloit chez les Anciens OPUS RETICULATUM, c'eft-à-dire, ouvrage en réfeau ou maillé, à caufe des joints des pierres, dont la figure étoit femblable à un réfeau. Ceux qui prétendent que cette maçonnerie (1) formoit des parallélogrammes, fe trompent. Vitruve (2) affure que cette efpece de muraille n'eft pas folide ; cependant on voit qu'il s'eft confervé des bâtimens entiers, conftruits uniquement de cette façon ; tels font entr'autres la maifon de campagne dite de *Mecene* à Tivoli, les ruines du temple d'Hercule du même endroit, les reftes de la maifon

(1) Alberti Archit. lib. III, c. 9, p. 77. Perrault a pris ce qu'il a dit, de ce livre.
(2) Lib. II, c. 8.

de campagne de Lucullus à Frascati, & de grands
pans des murs de celle de Domitien à Castel-
Gandolfo, dans la *villa* Barberin. Dans d'autres
pays hors de l'Italie, on trouve un plus grand
nombre d'ouvrages de maçonnerie de cette
espece (1).

Pour ce qui est des murs faits de briques, il
faut les considérer d'abord quant aux murs mêmes, & ensuite quant à leur revêtement; ayant
soin d'y comprendre aussi le plancher & le pavé.
Les murs des grands édifices de Rome ne sont
pas entièrement construits de briques; ils en
sont seulement garnis pour former les assises, &
c'est ce qu'on appelle *muri a cortina*. L'intérieur
en est rempli de petites pierres, de morceaux de
pots cassés, & d'autres choses semblables, avec
du ciment, dont il y avoit toujours un tiers plus
que de pierres. Vitruve appelle cette espece de
maçonnerie EMPLECTON (2), à cause qu'elle
étoit remplie & garnie par le milieu; mais il
ne parle que des murs de pierres, & non pas des
murs de briques, ce qui nous prouve manifeste-
ment qu'après cette description il a omis de
parler de cette méthode, dont ni lui ni ses
commentateurs n'ont fait mention. C'est en se
servant de cette pratique de bâtir, que les

_____

(1) *V.* Burman. Syll. Epist. t. 2, p. 191.
(2) Lib. II, c. 8.

Romains font parvenus à faire des murs fi prodi-
gieufement folides, & qui avoient jufqu'à neuf
& treize palmes d'épaiffeur. Les modernes, à la
vérité, ont conftruit auffi de pareilles murailles,
& cela de briques feules, telle qu'eft celle fur
laquelle porte la coupole de l'Eglife de Saint
Pierre à Rome, qui a quatorze palmes d'é-
paiffeur.

Il paroît que c'eft d'une femblable maçonnerie
qu'étoient faits les murs de Babylone, car le
mot αἱμασία dans Hérodote (1), à la place duquel
d'autres lifent ἄρπεζον, indique cette efpece de maçonnerie, & non pas, comme le prétend
M. Wefleling (2), des murs faits de pierres
jettées au hafard; mais on en faifoit, comme chez
les Romains, avec des affifes de briques arrangées
fymmétriquement. Que les briques polies aient
été en ufage, c'eft ce qu'on ne peut pas affirmer;
cependant on trouve aujourd'hui tous les murs
extérieurs de quelques édifices faits de ces briques; tels font entr'autres ceux de l'Eglife de
la *Madonna de' Monti* à Rome; les murs extérieurs du Palais du Duc d'Urbin (4) font de
même de briques polies. Les briques qu'on vou-

(1) Lib. I, c. 180.
(2) Euftath. ad Od. 6, p. 1851, l. 25.
(3) Differt. Herodot. p. 43.
(4) Memorie d'Urbino. Roma, 1724, fol. p. 46.

Biv

loit employer aux murs , & non aux pavés , étoient un peu plus larges aux deux bouts , afin de pouvoir les poser folidement les unes fur les autres , fans fe fervir de ciment ; car on mettoit du ciment feulement dans l'endroit où les briques ne fe touchoient point. Voilà pourquoi les joints des murs faits de briques polies font, pour ainfi dire , imperceptibles.

Lorfque l'on conftruifoit un bâtiment à mi-côte, ou bien contre un terrein plus élevé , on cherchoit à fe garantir de l'humidité par des doubles murs , entre lefquels on laiffoit un grand intervalle ; c'eft ce qu'on voit très-diftinctement aux cent voûtes (*cento camere*) , confervées de la *villa* de l'Empereur Adrien , près de Tivoli ; ces voûtes font encore fi féches aujourd'hui, que le foin peut s'y conferver pendant plufieurs années.

L'intérieur de ces murs eft fait avec tant de foin , & leur parement eft fi poli , qu'il eft facile de s'appercevoir qu'on a cherché à empêcher , autant qu'il étoit poffible, que l'humidité ne pût s'y attacher. Cette maçonnerie fert à nous expliquer c e que nous en dit Vitruve (1). Perrault (2) s'eft repréfenté fous ces doubles murs , Dieu fait quel ouvrage , avec plufieurs canaux ou égoûts.

(1) Lib. VII, c. 4.
(2) Vitruve, p. 239 , éd. 1684.

Une autre raifon d'employer ces doubles murs, étoit de fe garantir du vent auquel les Grecs donnoient le nom de Λίψ, les Romains celui *d'Africus*, & qu'on appelle aujourd'hui le *Scirocco*. Ce vent, comme on fait, vient d'Afrique, & regne auffi-bien fur les côtes de l'Italie, que fur celles de la Grèce. Il eft également nuifible aux animaux, aux végétaux, & aux édifices; car il traîne avec lui des vapeurs épaiffes, lourdes & brûlantes, qui obfcurciffent le Ciel, & caufent un épuifement dans toute la nature. A Methana (1), dans la Grèce, deux hommes déchiroient en deux un coq tout vivant, & couroient, tenant chacun la moitié de cet animal, tout autour d'une vigne, dans la fuperftitieufe croyance que c'étoit un moyen d'empêcher le vent de *Scirocco* de nuire à leurs vignes. Ce vent décompofe le fer & les autres métaux, de forte que les ouvrages de fer, aux maifons près de la mer, doivent être renouvellés de temps à autre; à quoi le fel marin, qui circule dans l'athmofphere, contribue fans doute beaucoup. Le plomb de la coupole de l'Eglife de Saint Pierre à Rome, doit être en partie renouvellé, & en partie réparé, tous les dix ans, parce qu'il fe trouve corrodé par le vent dont nous parlons. C'étoit donc pour prévenir ces mauvais effets, que les Anciens donnoient fou-

---

(1) Paufan. lib. II, c. 2, p. 191, l. 4.

vent à leurs maisons de doubles murs du côté du
midi ; mais l'espace entre les deux murs étoit
alors plus grand que celui qu'on y pratiquoit pour
se garantir de l'humidité. Cet intervalle étoit de
quelques pieds de large ; pratique de maçonnerie
que M. le Cardinal Alexandre Albani a fait employer à l'une de ses magnifiques maisons de
campagne, située à Castel-Gandolfo.

Pour soulever de grandes masses de pierre
pour la bâtisse, on se servoit d'une roue, dans
laquelle couroient quelques hommes , comme
on peut le voir sur un bas relief qui est encastré
dans un mur sur le marché de Capoue (1).

Quant au revêtement des murs, il faut remarquer que celui des grands édifices publics se faisoit avec le même soin & avec la même propreté,
soit qu'on voulût les enduire , ou non ; & quand
le revêtement en est tombé, la muraille paroît
aussi propre que si elle avoit été faite pour rester
à nud. L'enduit des murailles se faisoit avec
beaucoup plus de soin qu'on ne le fait aujour-
d'hui, car on en mettoit jusqu'à sept couches
différentes , ainsi que Vitruve (2) l'enseigne ;
chaque couche étoit bien battue & bien repoussée,
& le tout étoit enfin couvert de marbre pilé &
passé au tamis. Cependant un pareil revêtement

_____

(1) Mazocchi , Amphith. Campaniæ.
(2) Lib. VII, c. 3.

n'avoit pas au-delà d'un doigt d'épaisseur. Les murs enduits de cette sorte acquéroient une dureté, une blancheur & un poli qui les rendoient luisans comme des miroirs ; & l'on faisoit avec des morceaux de pareils murs des dessus de table. Il n'est pas possible d'abattre le revêtement des murs & des piliers de ce qu'on appelle *le sette sale* des bains de Titus à Rome, & de la *piscina mirabile*, proche de Bayes ; le revêtement en étant aussi dur que le fer même, & aussi poli qu'un miroir. Aux bâtimens communs, & aux tombeaux, dont le côté intérieur du mur n'est pas fait avec la même propreté, le revêtement a deux doigts d'épaisseur. Rien n'est plus singulier que la description que Sante Bartoli (1) a donnée de certaines chambres, dont les murs étoient revêtus de plaques de cuivre fort minces ; ces chambres furent découvertes du temps de cet Ecrivain, c'est-à-dire, vers la fin du siecle dernier, à peu de distance de Marino, près de Rome, dans un endroit appellé *le Fratocchie,* où l'on avoit trouvé autrefois la fameuse Apothéose d'Homere qui se voit au palais Colonne, & où l'on croit que l'Empereur Claude a eu une maison de campagne.

Le pavé des bains & d'autres bâtimens étoit

_____

(1) Dans sa notice des Antiquités découvertes, qui se trouve à la suite de l'ouvrage intitulé, *Roma antica e moderna.*

quelquefois fait de petites briques, qu'on poſoit verticalement ſur leur côté étroit, de maniere qu'elles formoient un angle entr'elles, ainſi qu'on le pratique encore aujourd'hui : les rues de Sienne, & celles de toutes les villes des Etats d'Urbin, ſont pavées de pareilles briques. Cette eſpece d'ouvrage s'appelle *ſpina peſce*, à cauſe de ſa reſſemblance avec la diſpoſition des arêtes de poiſſon. Les Anciens lui avoient donné le nom d'OPUS SPICATUM, parce que les briques en ſont poſées comme les grains de bled dans l'épi, ce que Perrault n'a pas compris, ainſi qu'on l'a déjà remarqué (1). Ce pavé étoit couvert d'un ciment fait avec des briques pilées, & ſouvent même on couvroit ce ciment d'une moſaïque. On voit encore un pareil ouvrage dans la *villa* Adrienne, près de Tivoli. Les Anciens avoient parmi leurs eſclaves des perſonnes appellées PAVIMEN-TARII (2), qui ſavoient faire toutes ſortes d'ou-vrages en plâtre.

La troiſieme partie de ce premier chapitre, qui traite de la forme des édifices, & de leurs diffé-rentes parties, ſe diviſe naturellement en deux arti-cles ; le premier, qui concerne la forme, regarde

---

(1) M. de la Baſtie, *Remarques ſur quelques inſcriptions antiques*, dans les Mémoires de l'Académie des Inſcriptions, t. XIV, p. 420, éd. Par.

(2) Vulpii Tabula Anxiana, p. 16.

principalement les temples, qui, à un très-petit nombre près, étoient tous chez les Grecs d'une forme quarrée, de maniere que la largeur faisoit ordinairement la moitié de la longueur : voilà pourquoi Vitruve (1) dit qu'un temple, qui par-devant a cinq entre-colonnemens & six colonnes, doit avoir le double des entre-colonnemens aux côtés. C'est cette proportion qu'avoit le temple de Jupiter à Girgenti, en Sicile, ainsi que je le ferai voir dans des remarques particulieres sur ce temple ; car, par une mesure exacte de la place qu'a occupée ce temple, & de ses ruines, on a trouvé que sa largeur étoit de 165 pieds ; ainsi, au lieu de soixante pieds qu'on lit dans Diodore de Sicile, pour la longueur de ce temple, il faut lire cent soixante pieds. On trouve cette même proportion aux temples quarrés des Romains. Un petit temple bâti de peperin, près du lac Pantano, sur le chemin de Tivoli à Frascati, dont il a été parlé plus haut, porte soixante palmes de longueur, sur trente de large : il ne paroît cependant pas que cette proportion ait été déterminée dans la haute antiquité. L'ancien temple de Jupiter à Elis (2) avoit quatre-vingt-quinze pieds de large, sur deux cens trente de long ; le temple de Jupiter que Tarquin fit bâtir au

(1) Lib. III, c. 3.
(2) Pausan. lib. V, p. 398, l. 3.

Capitole (1), étoit à peu près aussi large qu'il étoit long : il n'y avoit qu'une différence de quinze pieds.

Quant aux édifices ronds avec des voûtes ou des coupoles, on n'en trouve que six indiqués par Pausanias. L'un étoit au Prytanée à Athenes (2); un autre se voyoit à Epidaure (4) avec le temple d'Esculape , bâti par le célebre Sculpteur Polyclete , & que Pausanias acheva ; on lui avoit donné le nom de *Tholus* à cause de ses voûtes: le troisieme de ces édifices se trouvoit à Sparte , & c'étoit dans ce temple qu'étoient placées les statues de Jupiter & de Vénus (4) , le quatrieme étoit à Elis (5); le cinquieme à Mantinée (6); il s'appelloit *le commun foyer* (χοινη Εσια). Il y avoit aussi dans d'autres endroits des édifices qui portoient le même nom , tels que celui de Rhodes (7) & celui de Cannus (8) dans la Carie. Enfin le sixieme étoit le trésor de Mynius à Orchomene (9).

---

(1) Dionys. Halic. Ant. Rom. lib. IV , p. 248, l. 24 , ed. Hudson.

(2) Pausan. lib. I, p. 12, l. 27.

(3) *Id.* lib. II , p. 173 , l. 6.

(4) *Id.* lib. II , p. 237 , l. 37.

(5) *Id.* lib. V , p. 429 , l. 15.

(6) *Id.* lib. VIII , p. 616 , l. 40.

(7) Excerpt. Polyb. lib. XXVIII , p. 138.

(8) Appian. Mithridat. p. 122 , l. 10 , ed. Rob. Steph.

(9) Pausan. lib. IX , p. 786, l. 26.

Mais quoique fur les pierres gravées où le corps d'Hector eft traîné autour des murs de Troie, on voie des temples ronds, ce n'eft pas une raifon pour en conclure que ces temples avoient cette forme. Sur le vaiffeau d'une grandeur extraordinaire que Ptolomée Philopator, Roi d'Egypte, fit conftruire, il y avoit entr'autres un temple rond confacré à Vénus (1); de même qu'on fait que fur les vaiffeaux des Anciens (2) il y avoit des tours rondes avec des toits en voûtes ou des coupoles, ainfi que des tours quarrées d'une forte maçonnerie (3). L'ancien Architecte San-Gallo parle, dans fon livre de deffins fur vélin, qui eft à la bibliothéque du palais Barberin, d'un temple rond de Delphes confacré à Apollon. On ne peut pas affurer que le temple que Périclès fit conftruire à Eleufis (4) ait eu une forme circulaire; mais quand il auroit été d'une forme quarrée, il n'eft pas moins certain qu'il étoit couronné par une coupole, & une efpèce de lanterne. On voit cette lanterne & une coupole fur le tambour d'un temple quarré, repréfenté fur le plus grand farcophage qu'on ait confervé de l'antiquité,

_____

(1) Athen. Deipnos. lib. V. p. 205, E.

(2) Defcript. des pierres gravées du cabinet de Stofch P. 538, 539.

(3) *Ibid.* p. 537.

(4) Plutarch. Pericl. p. 290, 291, ed. Opp. H. Steph.

qui fe trouve dans la *villa* Moirani, près la porte de Saint Sébaſtien. Le tambour, ou dôme, n'eſt donc point d'une invention moderne. Les temples ronds étoient plus communs chez les Romains que chez les Grecs : quelques-uns devoient cette forme à un motif allégorique, tel que le temple de Veſta (2) bâti par Romulus ; comme celui de Mantinée ſemble avoir dû le ſien au foyer du feu. Un temple circulaire de la Thrace, dédié au Soleil, avoit pour objet le ſymbole du diſque de cet aſtre (2).

A la forme des édifices publics & des temples appartiennent les colonnes, qui dans les ſiecles les plus reculés étoient de bois. Du temps de Pauſanias (3) on voyoit encore un temple à Elis, dont le toit ſans murs portoit ſur des piliers de bois de chêne ; & ſur le même lieu, il y avoit auſſi alors dans le portique des derrieres du temple de Junon (4) une colonne de même bois. La plus ancienne proportion, ou meſure de la hauteur des colonnes, étoit le tiers de la largeur, (il faut entendre le tiers de toute la maſſe, y compris les colonnes du pourtour d'un temple) comme Vitruve (4) l'enſeigne pour l'ordre toſcan,

(1) Feſtus, *V*. Rotunda ædes.

(2) Macrob. Saturn. lib. I, c. 18, p. 237, ed. Pontan.

(3) Lib. VI, p. 515, l. 17.

(4) *Id*. lib. V, p. 417, l. 2.

(5) Lib. IV, c. 7.

&

& comme cela se trouve indiqué en général chez Pline (1). Cette proportion n'est pas tout-à-fait d'accord avec celle de deux très-anciens temples de Pestum, dont la hauteur est un peu plus grande. Les colonnes alloient en diminuant vers le haut, imitant les troncs des arbres ; & le renflement que Vitruve appelle *Entasis*, & sur lequel il s'étend beaucoup, ne se voit à aucune colonne des grands édifices, mais bien à quelques petits, de temps moins reculés. Il faut convenir, d'ailleurs, que ce renflement n'ajoute pas la moindre grace aux colonnes. Pour ce qui est des cannelures, les plus anciennes colonnes en avoient déjà. Les Grecs donnoient à cet ornement (2) le nom de ῥάβδωσις χίονος, ou bien (3) διάξυσμα. Quand les colonnes étoient fort grandes, les Grecs les faisoient de plusieurs blocs de différentes grandeurs, maçonnés ensemble, ainsi que je le ferai voir des colonnes du temple de Jupiter Olympien à Girgenti (4). Dans la prétendue maison de campagne de Mecène, à Tivoli, les colonnes à demi-engagées dans le mur, sont, de même que tout

_____

(1) Lib. XXXVII, c. 56.

(2) Aristot. Eth. ad Nicom. lib. IX, c. 4, p. 177, l. 10, ed. Wechel. 4.

(3) Diod. Sic. lib. XIII, p. 203, l. 41, éd. 1604.

(4) *V.* à la fin de ce livre, Remarq. sur l'Archit. de l'ancien temple de Girgenti en Sicile.

C

le bâtiment, faites de pierres taillées en forme
de coin. Les colonnes de marbre Penthelifien
du temple de Jupiter Olympien, que l'Empereur
Domitien (1) fit travailler à Athènes, & finir
enfuite à Rome, étoient plus grandes que toutes
les autres colonnes de marbre & de granit
qui nous reftent de l'Antiquité ; car Ligorius,
qui avoit un des fragmens de ces colonnes, dit,
dans fes Antiquités, qui n'ont pas encore été
imprimées, & dont le manufcrit eft au Vatican,
que le diamètre de ces colonnes étoit de dix
pieds ; de maniere qu'elles devoient avoir au
moins quatre-vingt pieds de hauteur, ainfi que
cet Ecrivain le remarque auffi lui-même.

Je ne m'engagerai pas ici dans des recherches
fur l'origine & le motif des différentes parties
des colonnes ; je ne ferai que quelques remarques générales fur ce fujet, ainfi que fur les différens ordres des colonnes. Il y a cinq ordres
de colonnes dans l'Architecture grecque & romaine, qui font l'ordre tofcan, l'ordre dorique,
l'ordre ionique, l'ordre corinthien, & l'ordre
romain. De l'ancien ordre tofcan, il ne s'eft
confervé qu'une feule colonne à l'*Emiffario* du
lac *Fucino*, & nous n'en favons que ce que
Vitruve en a dit. On voit des colonnes tof-
canes avec des bafes fur l'ancienne *patere* Ètruf-

---

(1) Plutarch. in Poplic. p. 190, ed. Henr. Steph.

que (1), d'un ouvrage cifelé, repréfentant Mé-
léagre affis entre Caftor & Pollux, avec le ber-
ger Paris.

Mais il nous refte des modèles des colonnes de
l'ordre dorique du temps de leur premiere origine, aux trois anciens édifices de Peftum, dont
nous avons parlé plus haut, à un temple de
Girgenti (2), & à un autre temple (3) de
Corinthe. Il n'y a, pour ainfi dire, aucune différence entre ces colonnes; elles font d'une
forme conique; c'eft-à-dire, qu'elles vont en diminuant vers le haut; celles de Peftum font com-
pofées de quatre pieces, & cannelées ainfi que
les autres. Le chapiteau ne confifte qu'en un
grand quart de rond méplat & fort allongé, & fur
cette partie porte immédiatement le tailloir ou
l'abaque, appellé auffi le trapeze, qui a plus de
faillie au-deffus du quart de rond que cela ne
fe trouve aux plus anciens temples de la Grèce.
Cette forte de faillie donne une *grandiofité* extraordinaire au chapiteau. La hauteur des colonnes, qui devroit être de fix diamètres au bas
du fuft, n'en a pas cinq; & au temple de Corinthe en queftion (4), les colonnes n'ont pas
quatre de ces diamètres, y compris les chapiteaux.

---

(1) *V.* Dempft. Errur. t. I, tab. 7.
(2) Pancrazi Antich. di Sic.
(3) Le Roi, Monum. de la Grèce, p. II, p. 6.
(4) *Ibid.* t. I, p. II, p. 28.

C ij

Les propriétés de l'ordre dorique font d'avoir des triglyphes à la partie du milieu, ou la plus large de l'entablement, appellée la frife, des gouttes à l'architrave, & des denticules à la partie inférieure de l'entablement. A l'un des temples de Peftum, les triglyphes n'étoient pas travaillés dans la frife même, mais s'y trouvoient encaftrés, & ils en font tous tombés, à un feul près. L'extrémité de leurs canaux eft obtufe, forme que n'ont point les autres triglyphes. Au lieu des gouttes au bas des mutules, il y a à ce temple des gravures rondes, & trois rangées dans chaque mutule. Au temple de Théfée, à Athènes, les gouttes font taillées auffi deffous les mutules, mais elles font quarrées, & à chaque mutule il y en a deux rangées.

Les triglyphes font placés à l'endroit où, dans les plus anciens temps, les poutres du plafond intérieur des temples avançoient en dehors, & repofoient pareillement fur une poutre de bois, laquelle portoit immédiatement fur les colonnes. Suivant toutes les apparences, l'entablement portoit encore, du temps de Pindare, fur des colonnes de bois, ainfi que ce poëte femble le faire entendre clairement dans ce qu'il appelle fon Enigme (1); & Vitruve (2) dit qu'on clouoit,

---

(1) Pyth. 4, v. 475 -- 477.
(2) Lib. IV, c. 2.

comme un ornement, les triglyphes sur la partie
saillante des poutres : mais ce n'est qu'une pure
conjecture ; car il ne subsistoit plus, de son temps,
de ces anciens temples, & il ne donne aucune
raison de cette espece d'ornement. Il semble qu'on
faisoit au bout des poutres des entailles, afin
de prévenir qu'elles ne se fendissent. L'intervalle
entre deux poutres, & celui entre deux triglyphes, appellé métope, étoit revêtu de maçonnerie, comme le remarque notre Architecte romain ; mais il paroît que, dans les plus anciens
temps, cet espace restoit vuide ; ce qui donnoit
du jour à l'entablement. C'est un passage d'Euripide qui me donne cette idée ; car au moment
où Oreste & Pylade concertent ensemble sur les
moyens d'entrer dans le temple de Diane, en
Tauride, pour en enlever la statue de cette Déesse,
Pylade propose à son ami de passer entre les triglyphes, à l'endroit où il y a ouverture, ainsi
que je crois devoir l'interpréter.

Ὄρα δέ γ᾽ εἴσω τριγλύφων, ὅποι κενὸν
Δέμας χαθεῖναι.

Iphig. in Taur. v. 113.

Guillaume Canter a traduit ce passage contre
toute regle de bon sens, de cette maniere :

Specta verò intra columnarum cœlaturas, quò
inane ac expeditum corpus oportet dimittere.

C iij

Comment se peut-il qu'un homme auſſi ſavant, qui a vu l'Italie, ait pu penſer qu'on ait cherché à entrer dans le temple par les cannelures des colonnes, & que cela ait été poſſible? D'ailleurs, ici le mot *vuide* (χεvòv) n'eſt point relatif à celui de *corps* (δεμας), ainſi que Canter l'a ſuppoſé; & il ne s'agit nullement de ſe rendre *délié & léger :* car *inane* & *vacuum* ſont deux mots d'une différente ſignification; le premier veut dire *vuide*, quand quelque choſe devroit être plein, & il ne ſuppoſe pas toujours qu'il eſt rempli. Le mot χεvòv eſt ici dans un ſens ab-ſolu, & doit aller avec ὅπει *: où il eſt vuide.* Barnès n'a pas mieux compris ce paſſage : il croit que Pylade a propoſé d'entrer par les entre-co-lonnemens (*intercolumnia*), comme ſi l'eſpace entre les colonnes eût été fermé, ou qu'on eût pû entrer dans le temple, c'eſt-à-dire, dans la nef (*cella*), lorſqu'on étoit en dedans de la colonnade qui régnoit extérieurement autour du temple. Suivant le véritable ſens de ce paſſage, les métopes des plus anciens tem-ples dont Euripide nous donne ici l'idée, étoient ſans doute ouverts, & offroient par conſéquent le ſeul chemin qu'il y eût pour entrer dans ce tem-ple fermé. Le mot χανεῖνα, *dimittere*, indique auſſi qu'il falloit ſe laiſſer deſcendre; ce qui de-voit ſe faire dans l'intérieur du temple. Le Pere Brumoi n'a pas trouvé, dans tout ceci, la moin-

dre difficulté; mais auffi nous dit-il à cette occafion, dans une note, ce que c'eft qu'un
triglyphe.

M. le Roi, dans fa defcription des anciens
monumens de la Grèce, donne trois époques
différentes des colonnes de l'ordre dorique;
favoir, le plus ancien temps dont les colonnes
n'ont pas au-delà de quatre diamètres de hauteur, comme celles du temple de Corinthe,
dont il a été parlé plus haut; celles du fecond
temps, telles que celles du temple de Théfée,
& de celui de Pallas à Athènes; & celles du
troifieme, telles que celles du temple d'Augufte
de la même ville, qui ont fix diamètres de
hauteur. Ce font là les modèles qu'il cite de
ces différens ftyles, & qui lui fervent d'objets
de comparaifon pour tout ce qu'il a vu & connu
de monumens & de colonnes de l'ordre dorique
en Italie. On peut néanmoins y ajouter un quatrieme temps de cet ordre, qu'on trouve à un
portail de quatre colonnes de travertin d'un temple de Cori, dans la campagne de Rome, à quatre
milles d'Italie de Veletri. Il exifte un deffin
très-incorrect de ce temple dans la defcription de
la ville de Cori, par Fini; & c'eft de ce livre
qu'a été prife la planche que Vulpi (1) en a donnée
dans fon *Latium*. Mais j'ai devant les yeux des

_____

(1) Tom. IV, p. 138.

C iv

deffins de cet édifice, faits par le grand Raphaël,
qui l'a deffiné & exactement mefuré, lorfqu'il avoit moins fouffert qu'aujourd'hui (1).
Les colonnes doriques de cet édifice, dont le
diamètre, au pied de la colonne, a trois palmes
& un quart, & qui, au haut du fuft, eft de
deux palmes huit pouces; ces colonnes, dis-je,
ont fept diamètres de hauteur, fans compter la
bafe & le chapiteau, & toute leur hauteur eft
de vingt palmes & dix pouces; elles ont des
cannelures en renfoncement qui commencent au
tiers de leur hauteur, le tiers d'en bas étant
uni & fans cannelures : elles ont leur bafe, qu'on
ne trouve point à d'autres anciennes colonnes

(1) Ces deffins, ainfi que quelques autres d'anciens
édifices, fe trouvoient dans le cabinet du célèbre Baron
de Stofch, & formoient un volume de quelque vingtaine
de morceaux. Un autre volume de pareils deffins de
Raphaël fe trouve dans la bibliotheque de feu Thomas
Coke, Lord Leicefter, qui s'eft fait connoître dans le
monde favant par fon *Etruria Regalis Dempfteri.* Raphaël
fit ces deffins, lorfqu'il fut nommé par le Pape pour être
l'Architecte de Saint Pierre, à Rome. Ils devoient fervir
au grand projet de rétablir Rome fur fon ancien plan,
dont Léon X l'avoit chargé. On trouve des détails fur
cette entreprife dans une lettre de Celio Calcagni à Jacques
Zieglern, contemporain de Raphaël : cette lettre eft jointe
à deux épitres de Saint Clément, intitulées : *S. Clementis
Epiftolæ duæ ad Corinthios. His fubnexæ funt aliquot fin-
gulares vel nunc primùm editæ, vel non ita facilé obviæ.
Londini,* 1687. 12. Cette lettre eft placée à la *page* 131.

doriques, si ce n'est à deux colonnes qui font à Pestum ; & le chapiteau est différent de celui des autres colonnes doriques, & ressemble davantage au chapiteau toscan. Cette singularité a été cause que, malgré les autres caractères doriques de ce temple, Raphaël l'a pris pour un édifice de l'ordre toscan, comme on le voit, par ce qu'il a écrit dessous ce dessin. Depuis le point central d'une colonne jusqu'au centre de l'autre, il y a six palmes ; ce qui donne naturellement à connoître la grandeur des entre-colonnemens.

Sous le portail, au-dessus de la porte de la *cella* de ce temple, qui est actuellement murée, on lit encore l'inscription sur deux lignes, qu'on a placée, en la copiant, sur plusieurs (1) lignes, & qu'on a d'ailleurs mal rendue (2) : la voici.

M. MANLIUS M. F. L. TVRPILIUS. DVOMVIRES DE SENATVS. SENTENTIA. AEDEM. FACIENDAM COERAVERVNT. EISDEMQVE PROBAVERE.

Il faut d'abord remarquer qu'il y a ici deux mots écrits d'une manière singulière ; DVOMVIRES, au lieu de DVOMVIRI ; & EISDEMQVE, au lieu de EIDEMQ. ou IIDEMQ. De plus, il y auroit quelque chose à dire sur ce titre de *Duomviri.* M. Manlius n'est pas connu ; & je dois faire ob-

---

(1) Vulp. l. c. —Murator. Inscr. p. 147 , n°. 4.
(2) Apiani Inscr. p. 184. —Grut. Inscr. p. 128 , n°. 7.

ferver que le pronom de *Marcus* n'a été repris
dans la famille de *Manlius* (1), qu'après que le
crime de M. Manlius eut rendu odieux le furnom
de Capitolinus; ce qui fe trouve confirmé par la
leçon reçue de Tacite (2), où le Manlius qui fut
battu par les Germains, a le pronom de Marcus.
Il y a des Ecrivains (3) qui doutent de la juftefe
de cette affertion, à caufe que ce Manlius porte
ailleurs le nom de *Cnejus* (4). Mais *L. Turpilius*
eft probablement le même que celui qui fit élever
une ftatue à Germanicus (5). Car le pronom du
pere & celui du fils étoient le même. Ce temple
a donc été bâti du temps de Tibere, & les deux
perfonnages défignés ont fans doute été nommés
Duumviri, pour veiller à la conftruction, &
vraifemblablement auffi à l'inauguration de ce
temple; car on fait que le Sénat de Rome créoit
fouvent des *Duumviri* (6) pour préfider aux
chofes facrées. Vulpi n'a pas ofé déterminer le
temps où ce temple a été bâti; on peut cependant affurer, d'après le ftyle de fon architecture,

---

(1) Tit. Liv. lib. VI, c. 20.

(2) Germ. c. 37.

(3) Conring. ad h. l. Taciti.

(4) Epit. Livii. lib. LXVII, c. 5.

(5) Grut. Infcr. p. 236, n°. 12.

(6) Tit. Liv. lib. VI, c. 5; lib. VII, c. 28, conf.
Pighii Annal. a. 764, p. 540.

que ce n'eft pas un ouvrage du temps de la République.

Je remarquerai ici que le beau refte d'un entablement dorique qui étoit autrefois à Albano, & que Chambrai (1) a cité, ne fe trouve plus nulle part. Je ne puis pas me reffouvenir non plus du tombeau dorique (2) que ce même Ecrivain prétend avoir vu à Terracine.

Le fecond ordre de colonnes, favoir, l'ionique, a été employé pour la premiere fois au temple de Diane à Ephèfe (3). Plufieurs années après que ce temple eut été confumé par les flammes, il fut rebâti magnifiquement par l'Architecte Cherfiphron. Parmi un grand nombre de colonnes de ce temple, il y en avoit trente-fix, dont le fuft étoit d'un feul bloc (4). C'eft de cette maniere, & non autrement, je crois, qu'il faut entendre un paffage de Pline; & au lieu de la leçon fuivie dans toutes les éditions de cet Ecrivain, je lis : « *ex iis XXXVI cælatæ uno* » (d'autres *una*) *à Scopa,* » par le changement de deux lettres : *uno è fcàpo,* d'un feul fuft. Sans cette correction ce paffage n'a point de fens, & ne peut pas refter par plufieurs raifons. Scopas

(1) Paral. de l'Archit. anc. & mod. p. 19.

(2) *Ibid.* p. 33.

(3) Vitruv. lib. IV, c. 1, p. 126.

(4) Pline, lib. XXXVI, c. 21.

étoit un des plus grands ſtatuaires du temps de Phidias ; qu'avoit-il donc de commun avec le travail des colonnes ? cela ne pouvoit regarder qu'un tailleur de pierre. Scopas qui en même-temps étoit un grand Architecte, bâtit le temple de Pallas à Tegée, auquel on employa pour la premiere fois, des colonnes de l'ordre corinthien ; & cela eut lieu dans la quatre-vingt-ſeizieme olympiade ; mais le temple de Diane ne fut conſtruit que dans la cent & ſixieme olympiade ; il y a par conſéquent entre la conſtruction de l'un & de l'autre de ces édifices un intervalle de plus de quatre-vingt-dix ans. Saumaiſe (1) a formé ce doute ſur le paſſage de Pline ; & Poleni (2) y a trouvé la même difficulté, ſans la réſoudre davantage que Saumaiſe. D'autres qui ont touché le même point, parlent toujours de trente-ſix colonnes (3) ſculptées par Scopas. Il faut remarquer ici qu'Appien parle de colonnes ioniques, qui décoroient l'arſenal du port de Carthage (4).

Je me rappelle ici ce que j'ai remarqué à l'un des plus beaux chapiteaux de toute l'antiquité, qui ſe trouve dans l'Egliſe de Saint Laurent hors

---

(1) Exerci:. in Solin. p. 813 , B. ed. Paris. 1629.

(2) Diſſert. del tempio della Diana d'Efeſa, fra le diſſert. dell'Accademia di Cortona.

(3) Montfaucon, Ant. expliq. t. H , p. 84.

(4) Libyc. p. 45 , lib. VIII , ed. cit.

de Rome, dont toutes les colonnes, ainſi que leurs chapiteaux, ſont différens les uns des autres. Au milieu d'une des volutes, il y a dans ce qu'on appelle l'œil, au lieu de la roſette qui y eſt ordinairement, une grenouille étendue ſur le dos ; & dans l'autre œil on voit un lézard qui eſt tourné autour de la roſette (1). Comme les chapiteaux qui ſont dans cette Egliſe y ont été portés de différens endroits de Rome, j'ai lieu de penſer que le chapiteau dont nous parlons a appartenu au temple de Jupiter & de Junon, que Metellus fit bâtir dans ſon portique par Sarvus & Batrachus de Sparte. On ſait que Pline (2) rapporte que ces deux Architectes, n'ayant oſé placer leurs noms à ce temple, les ont indiqués par la grenouille & le lézard qui en ſont la ſignification en Grec, & qu'ils ont placés, dit-il, *in columnarum ſpiris*. Hardouin (3) croit que ces animaux étoient ſculptés ſur la baſe des colonnes, c'eſt-à-dire, ſur le tore ou congé ; parce que Pline donne ailleurs à cette partie le nom de *ſpiras* (4). Cet Ecrivain ne s'eſt ſans doute pas reſſouvenu que Vitruve (5) appelle auſſi de même la volute. Je

---

(1) *V.* la planche à la fin de ce livre.
(2) Lib. XXXVI, c. 5.
(3) Not. ad. Plin. lib. XXXVI, c. 56, n°. 7.
(4) Loc. cit.
(5) Lib. III, c. 3, init.

crois néanmoins que Pline s'eſt ſervi, dans ce
paſſage du mot *ſpira*, dans ſa ſignification propre
& naturelle, quand il veut dire une ſpirale telle
que celle que forme le ſerpent en ſe roulant ſur
lui-même ; d'autant plus que ſur un ſarcophage
qui eſt dans le palais nommé le *petit Farneſe*, il
y a au-deſſus de l'inſcription (1) un chapiteau
ionique du travail le plus délicat, dont les
volutes ſont réellement formées de ſerpens en-
tortillés l'un dans l'autre. Pline parle auſſi ici de la
ſpirale des volutes ioniques, & par conféquent les
noms allégoriques des artiſtes ſont repréſentés
dans les volutes, ainſi que nous le voyons par
le chapiteau dont il eſt ici queſtion. Ce ſeroit une
folie de vouloir prétendre qu'au lieu de *columna-*
rum, il faudroit lire *capitulorum*. Le temple du
portique de Metellus a donc auſſi été d'ordre
ionique. Qu'on ait placé dans d'autres volutes des
images allégoriques, c'eſt ce qui paroît par ſept
chapiteaux dans l'Egliſe de Sainte Marie de *Traſ-*
tevere, dont la roſette de l'œil eſt remplacée par
le buſte d'Harpocrate, ayant le doigt ſur la bouche.
Dans l'Egliſe de *Santa Galla*, qu'on appelle auſſi
Sainte Marie du Portique, c'eſt-à-dire, du
portique de Metellus, ou d'Octavie, il y avoit
encore, du temps de Bellori (1), des colonnes avec

---

(1) Gruter. Inſcript. p. DXCIII, 2.
(2) Not. ad. fragm. veſtig. vet. Rom. p. 10.

des chapiteaux ioniques ; & peut-être y en a-t-il
eu de pareils à ceux dont nous venons de parler ;
mais aujourd'hui il y a des piliers au lieu de
colonnes, & ces piliers ont été maçonnés d'un
goût barbare, au milieu de ces colonnes ; de
même qu'on l'a fait de nos jours dans l'Eglife de
Sainte Croix de Jérufalem.

Dans les anciens chapiteaux ioniques, les volutes font placées dans une ligne droite horifontale,
& font quelquefois tournées en dehors aux colonnes des angles ; ainfi que cela fe voit au
temple d'Erecthée (1). Dans la derniere époque
de l'antiquité, on commença néanmoins à retourner les volutes en dehors, comme on peut le
voir, entr'autres, au temple de la Concorde ;
& c'eft une erreur de croire que Michel Ange (2)
ait été le premier à les placer de cette maniere.
Ce n'eft pas lui non plus qui le premier a donné
plus d'élévation aux chapiteaux ioniques ; car ils
avoient déjà cette hauteur aux bains de Dio-
cletien ; ils étoient déjà même plus hauts que ne
l'enfeigne Vitruve, favoir, le tiers du diamètre
des colonnes de hauteur.

Rien n'eft plus fingulier que les chapiteaux
ioniques que Raphaël a trouvés fur les colonnes
du portail d'un temple, près l'Eglife de Saint

---

(1) Le Roi, Monum. de la Grèce, t. I, p. II, p. 51.
(2) Domenici, Vit. de' Pittori Nap. t. I, p. 48.

Nicolas *in carcere* à Rome, dont les côtés (*fuf-tellini*), & non pas les cartouches (*cartocci*) font tournés en devant, ainfi que Raphaël l'a remarqué expreffément au bas de fes deffins.

Après l'ordre ionique, vient l'ordre corinthien, dont, fuivant Vitruve, le fculpteur Callimaque conçut la premiere idée, en voyant un panier couvert d'une tuile, & entouré d'une plante d'Acanthe. Le tronc d'une très-belle caryatide dans le jardin intérieur du palais Farnefe, porte fur la tête une corbeille, autour de laquelle on apperçoit encore les reftes des feuilles d'Acanthe qui ombrageoient la corbeille, & qui ont donné au fculpteur l'idée du chapiteau corinthien. Il n'eft pas poffible de bien déterminer le temps auquel vécut Callimaque ; il paroît cependant qu'il doit avoir fleuri avant Scopas : car celui-ci bâtit, dans la quatre-vingt-quinzieme olympiade, un temple de Pallas à Tegée (1), dans lequel il y avoit au-deffus du premier rang de colonnes d'ordre dorique, un fecond rang de colonnes d'ordre corinthien ; & on en voit à la Niobé, (morceau qui, felon toute probabilité, eft de la main de cet artifte) ainfi qu'au Laocoon, qu'on y a travaillé avec le foret, dont ce même Callimaque a été, à ce qu'on prétend, l'inventeur.

Les colonnes corinthiennes doivent avoir,

_____

(1) Paufan. lib. VIII, p. 693, l. 19.

comme

comme on fait, neuf diametres de hauteur ; les colonnes, au temple de Vesta , ont cependant onze diametres d'élévation, en y comprenant le chapiteau : ce qui nous prouve que ce temple a été bâti dans le temps qu'on se permettoit déjà de grandes licences dans l'Architecture, & que les longues colonnes en fuseau étoient déjà à la mode.

C'est sans doute sous les Empereurs Romains que l'on commença à employer d'une maniere particuliere les colonnes de l'ordre corinthien ; c'est-à-dire, que l'architrave ne portoit pas d'une colonne à l'autre, mais qu'il profiloit sur chacune d'elles. L'entablement même ne portoit pas immédiatement sur les colonnes ; mais on faisoit faillir au-dessus des colonnes des poutres, (c'est-à-dire de pierre ou de marbre) & ces poutres étoient soutenues par des colonnes, ainsi qu'on le voit au temple de Pallas du *forum* de Nerva , & à l'arc de Constantin. C'est de la même maniere qu'étoit bâti le portail du temple de Castor & Pollux à Naples, aujourd'hui l'église de Saint Paul, appartenant à l'Ordre des Théatins ; ainsi que le temple de Jupiter Olympien à Athènes (1), que l'Empereur Adrien fit achever, où l'entablement profile sur les colonnes de côté ; tandis

_____

(1) Le Roi, à l'endroit indiqué.

D

qu'il porte d'une colonne à l'autre dans le portail
du milieu.

Le dernier ordre que les Anciens aient trouvé,
eſt l'ordre compoſite ou romain ; c'eſt-à-dire,
une colonne avec un chapiteau corinthien, auquel on a ajouté les volutes de l'ordre ionique.
L'arc de Titus eſt le plus ancien édifice qui nous
reſte de cet ordre.

Nous devons remarquer encore, touchant les
colonnes en général, que le ſeul édifice des
Anciens que l'on connoiſſe en Italie, auquel chaque colonne ait ſon ſtylobate particulier, c'eſt
un ancien temple (1) à Aſſiſi, dans l'Ombrie.
Cette même particularité ſe voit à deux édifices
de Palmyre (2), & à un temple repréſenté ſur
l'ancienne moſaïque de Paleſtrine.

Il faut obſerver, comme une choſe ſinguliere,
que les Anciens employoient auſſi des colonnes
ovales : il s'en trouve de ſemblables dans l'iſle
de Délos. M. le Roi (3), qui en parle, remarque à cette occaſion, qu'il y a une pareille
colonne ovale à la Trinité du Mont, à Rome ;
mais il n'a pas obſervé que, vis-à-vis de cette
colonne, il y en a une autre qui lui reſſemble
exaćtement. Il y a encore à Rome deux autres

---

(1) Pallad. Archit. lib. IV, c. 26.
(2) Wood, Ruin. de Palmyre, fig. 4.
(3) Le Roi, t. II, p. II, p. 51.

colonnes ovales, & qui font de granit, dans la cour du palais Maffimi, *alle colonne;* &, fuivant toutes les apparences, les chapiteaux de marbre dont nous avons parlé appartiennent à ces colonnes, ou à d'autres de même efpece.

Je dois joindre encore à ces remarques, fur la forme des édifices des Anciens, deux réflexions qui viennent fe préfenter à mon efprit : la premiere a pour objet une idée de M. le Marquis Galiani, à Naples, qui, dans fa traduction de Vitruve (1), croit que les maifons des perfonnes riches, de même que les palais, (à la campagne, ainfi qu'il a fans doute voulu dire, car on fait que le contraire avoit lieu dans les villes) n'étoient, en général, que d'un feul étage, fans avoir aucune chambre au-deffus du rez-de-chauffée. Il a raifon pour ce qui regarde la defcription des maifons de campagne de Pline ; mais quant à la *villa* Adrienne, il paroît vifiblement qu'il y a eu des appartemens, les uns au-deffus des autres, ainfi qu'on le voit auffi aux bains d'Antonin & de Dioclétien ; tels ils étoient encore il y a deux cens ans. Quelques parties de ces édifices furprenans avoient jufqu'à trois galeries ou corridors d'appartemens l'un au-deffus de l'autre (1). Dans les ruines d'une très-

(1) Pag. 76, n°. 1.

(2) Le célèbre Cardinal Perrenot de Granvelle a fait

grande *villa*, fous l'ancien Tufculum, où eft aujourd'hui la *villa* des Jéfuites., appellée *la Ruffinella*, il y avoit des chambres au-deffus des appartemens ordinaires : ces chambres néanmoins étoient baffes & vilaines, & femblent n'avoir été deftinées que pour les domeftiques.

La feconde réflexion eft pour les amateurs de l'Antiquité, qui veulent juger en partie d'après les gravures, ou qui, en voyant ces monumens anciens mêmes, n'ont pas affez de temps ou de connoiffances pour diftinguer ce qui en eft véri-tablement ancien de ce qu'on n'a fait qu'y ajouter ou reftaurer. Il faut remarquer que le temple & les fabriques des deux bas-reliefs de la *villa* Médicis, que Sante Bartoli a placés dans fon *Admiranda*, font en grande partie d'un ouvrage moderne, & qu'ils ne font même exécutés qu'en plâtre ; car on pourroit par-là fe former de fauffes idées de la forme des anciens édifices. Je m'apperçois même qu'un Ecrivain éclairé de notre fiecle a été induit en erreur par ces gra-vures. L'endroit du bas-relief, qui repréfente le

---

lever & deffiner exactement, à fes frais, par *Sébaftien de Oya*, Architecte du Roi d'Efpagne dans les Pays-Bas, le plan des bains de Dioclétien ; & ces deffins ont été gravés avec un art fupérieur, & une grande propreté, en vingt-fix feuilles *in-fol.* par *Jérôme Cock d'Anvers*. Cet œuvre, avec une courte explication, parut en 1558 : il eft devenu fort rare.

taureau conduit au facrifice par deux figures,
n'a rien d'antique que les jambes des figures &
une partie du toit ; & celui où fe fait le facrifice du taureau, n'a d'ancien travail qu'une partie
de la figure agenouillée qui tient ce taureau,
& une autre figure du fond ; tout le refte eft
reftauré. Il en eft de même du portail d'un
temple fur un bas-relief de plufieurs figures
dans la cour intérieure du palais Mattei (1) ;
fur la frife du portique on lit : IOVI CAPITOLINO.
Ce temple eft entiérement d'un travail moderne,
& n'a été fait que pour donner à ce bas relief la
grandeur néceffaire pour remplir l'efpace qu'il
devoit occuper.

Le fecond point du troifieme article de ce
chapitre, concernant les parties effentielles des
édifices, regarde, en premier lieu, leurs parties
intérieures, & fecondement les parties qui font à
l'extérieur.

Les principales parties extérieures font le toit,
le comble, les portes, les fenêtres. Le toit étoit
regardé par les Anciens, (qui, à ce qu'on prétend, ont pris les proportions de l'Architecture
de la forme du corps humain) comme la tête
du bâtiment, & y avoit le même rapport que
la tête au corps. Il ne faifoit pas, comme on
le voit fouvent au-delà des Alpes, même à des

_____

(1) Montfaucon, Antiq. expliq. Suppl. t. IV , après la
pl. 13.

maifons royales, la troifieme partie de toute la hauteur de l'édifice; mais ou il étoit tout-à-fait plat, ou il avoit le plus fouvent un comble plat, ou en terraffe, comme en ont encore aujourd'hui les maifons d'Italie. La fuppofition que les toits pointus font néceffaires dans les pays où il tombe beaucoup de neige, eft deftituée de tout fondement; car, dans le Tirol, où la neige ne manque point, tous les toits font plats. Aux maifons des particuliers, toute la corniche, fur laquelle le toit portoit auffi en partie, étoit faite de terre cuite, & de façon que les gouttieres pouvoient defcendre par-là. Pour cet effet, on y plaçoit, à différentes diftances données, des mufles de lion avec la gueule ouverte, par lefquels la pluie s'écouloit, ainfi que Vitruve l'enfeigne pour les temples. On a trouvé plufieurs morceaux de femblables corniches à Herculanum, qu'on peut voir dans le cabinet du Roi de Naples, à Portici. A Rome, les conduits des gouttieres aux maifons des particuliers fe faifoient en général avec des ais.

Le comble s'appelloit en grec ἀετός, ou bien ἀέτωμα, & devoit abfolument fe trouver aux bâtimens & aux temples des Anciens, dont le toit, avec la couverture, formoit un triangle équilatéral; car les maifons n'étoient pas toutes en terraffe & fans comble, comme le prétend Saumaife, ainfi qu'on peut s'en convaincre par d'anciens tableaux. Si l'on a regardé le comble du palais de César comme un pronostic de sa future apothéose, il ne faut pas entendre par-là le comble seul, mais la sculpture en bosse, ou plutôt les figures entieres qui ornoient cet édifice, suivant la maniere d'en décorer les temples. Pompée avoit fait orner le comble de sa maison avec des proües de vaisseau; ce qui, selon Casaubon (1), est indiqué par ces mots, *rostrata domus.*

La hauteur des temples se comptoit jusqu'à la pointe du comble; par conséquent la hauteur du temple de Jupiter, à Agrigente, étoit de cent vingt pieds.

On a tiré de fort loin l'étymologie du mot grec qui signifie comble, & l'on a cherché à y trouver la ressemblance d'un aigle dont les aîles sont étendues (2). Mon sentiment est que peut-être on a placé, dans le commencement, un aigle sur le comble des temples, parce que les plus anciens étoient consacrés à Jupiter, & que c'est delà qu'est venue cette dénomination.

Les portes des anciens temples doriques étoient plus étroites par le haut que par le bas, ainsi

___

(1) In Capitolini Gordianos tres, p. 189, B. ed. Script. Hist. Aug. Par. 1620.

(1) Salmas. not. in Spartian. p. 155. B. —Hist. de l'Académie des Inscript. t. VII, p. 110, éd. de Par.

que le font plufieurs portes Egyptiennes, que Pockoke appelle, à caufe de cela (1), portes pyramidales. Dans des temps plus modernes, on a employé ces portes à des ouvrages de fortification, & aux châteaux dont les murs vont en talus, (*a fcarpa*) tels que ceux de l'entrée du château de St. Ange. Le Bernin a fait aller en rétréciffant la porte d'un mur du jardin du Pape, à Caftel-Gandolfo, lequel va en biaifant comme les ouvrages extérieurs; mais il eft faux que Vignole, ait fait deux portes pareilles au palais Farnèfe, & quelques-unes à la Chancellerie (2) : Vignole n'a jamais mis la main à ces bâtimens. Cette efpece de porte paroît avoir été particuliere aux temples doriques; car la porte du temple de Cori eft faite de cette maniere; cependant ce temple n'eft pas fort ancien. Enfin, on a employé ces portes aux temples corinthiens, tels que celui de Tivoli.

Les portes des Grecs ne s'ouvroient pas comme les nôtres en dedans, mais en dehors : voilà pourquoi les perfonnages des comédies de Plaute & de Terence (3), qui veulent fortir des maifons, donnent en dedans un figne à la porte,

---

(1) Defcript. of the Eaft. t. I, p. 107. Conf. Defcript. des pierr. gravées du cab. de Stofch, p. 10, 11.

(2) Daviler, Cours d'Architecture.

(3) Amphitr. 1, 2; v. 34. Aul. 4, 5; v. 5. Caf. 2; 3; v. 15. Curc. 4, 1; v. 25. Bacch. 2, 2; v. 56, &c.

comme un grand Critique (1) nous l'a déjà fait
obferver ; car il faut fe reffouvenir que les comédies de ces Auteurs romains font, pour la
plus grande partie, imitées ou traduites du grec.
La caufe de ce figne qu'on donnoit en dedans des
maifons, avant que d'en fortir, étoit pour avertir
ceux qui, dans la rue, paffoient le long des
maifons, qu'ils euffent à éviter d'être heurtés par
la porte qu'on vouloit ouvrir. Dans les premiers
temps de la République, M. Valérius, frere de
Publicola, obtint, comme une marque finguliere
d'honneur, la permiffion d'ouvrir fa porte en
dehors, comme celles des Grecs ; & l'on affure
(2) que c'étoit la feule porte à Rome qui fût
faite de cette maniere. On voit cependant, fur
quelques urnes funéraires de marbre qui font
dans la *villa* Mattei (3), & dans la *villa* Ludo-
vifi, que la porte qui y marque l'entrée des
champs Elifées s'ouvre en dehors ; &, dans le
Virgile du Vatican, la porte d'un temple y eft
faite comme celle de la boutique des marchands
ou des artifans. D'ailleurs, des portes qui s'ouvrent
ainfi en dehors, ne peuvent pas être forcées,

---

(1) Muret. Var. lect. l. I, c. 17, p. 9, ed. 1559, 4°.
Conf. Turneb. Adverf. l. IV, c. 15, p. 116.
(2) Dionys. Hal. lib. V, p. 295, l. 1.—Plutarch. Public.
p. 195, l. 24, ed. H. Steph.
(3) Montfaucon, Ant. expliq. t. V, p. 122.

ni enfoncées auffi facilement que les autres; &,
comme elles ne prennent point de place dans
les maifons, elles y gênent moins que celles qui
s'ouvrent en dedans. On trouve néanmoins des
exemples de portes qui s'ouvrent en dedans : il
y en a une pareille repréfentée fur un des plus
beaux bas-reliefs de l'Antiquité, qui eft dans la
villa Negroni.

Ceux qui cherchent à épiloguer, prétendent
& foutiennent que les portes de bronze de la
Rotonde n'ont pas été faites pour ce temple,
mais qu'on les a enlevées d'ailleurs; & c'eft ce
que Keyfler s'eft laiffé perfuader auffi, fans dire
pourquoi il y a une grille au-deffus de cette
porte. Suivant eux, cette grille devoit aller
jufqu'aux poutres d'en haut. Les perfonnes qui
ont fous la main les peintures d'Herculanum,
verront fur le tableau de la mort de Didon (1),
une pareille porte, au haut de laquelle cette
grille eft attachée. Elle y fert pour donner du
jour à l'intérieur de l'édifice. Aux maifons des
particuliers il y avoit, au-deffus de la porte, une
plate-forme en faillie, que les Italiens appellent
ringhiera, & à laquelle les François ont donné le
nom de *balcon*. Cette partie du bâtiment eft
appellée en grec ϲγθαῖν (2). Dans quelques tem-

---

(1) P. 13.
(2) Mofchop. h. v.

ples il y avoit; pendu devant la porte, un épais rideau, lequel, dans le temple de Diane, à Ephèse, se levoit du bas en haut (1); mais dans le temple de Jupiter, à Elis, on le faisoit descendre du haut en bas. Pendant l'été, les portes des maisons étoient fermées avec du crêpe (2).

Nous remarquerons encore ici que les portes des Anciens ne rouloient point sur des gonds, mais qu'elles se mouvoient par le bas dans le seuil, & par le haut dans le linteau, sur ce que nous nommons un *pivot de porte*; mot qui ne donne pas une idée nette de la chose, dont aucune langue moderne ne présente un terme précis & significatif (3). Le montant de la porte mobile, placé le plus près du mur, portoit à ses deux extrémités, une emboîture de bronze, qui y étoit encastrée, & à laquelle étoit appliquée en dedans une pointe saillante pour l'arrêter & la fixer sur le bois. Cette emboîture étoit ordinairement formée en cylindre; mais on en trouve aussi de quarrées (4), d'où naissent, sur chaque côté, des bandes de fer allongées, qui s'avan-

---

(1) Pausan. lib. V, p. 405, l. 21.

(2) V. Casaubon, in Vopisc. p. 253, B.

(3) On a en françois celui de *crapaudine*; c'est apparemment ce qu'ignoroit M. Winckelmann.

(4) *V.* sur la planche, à la fin du Livre, le dessin d'une de ces emboîtures quarrées.

cent & qui fortifient, dans toute leur longueur, les planches dont les portes étoient conftruites; fur quoi je remarquerai que ces portes, extrêmement épaiffes, étoient intérieurement creufes.

L'emboîture étoit établie, tant par le haut que par le bas, fur une plaque épaiffe de bronze, ayant la forme d'un coin, $\overline{\diagdown\diagup}$ foudée en plomb, & elle rouloit fur cette plaque; de maniere que, quand l'emboîture préfentoit un mamelon A, il y avoit, dans la plaque, un creux ou renfoncement, dans lequel ce mamelon rouloit, comme on le voit à la porte du Panthéon; &, lorfque ce renfoncement fe trouvoit dans l'emboîture, alors la plaque portoit le mamelon faillant qui s'ajuftoit exactement dans l'ouverture de l'emboîture. Cette emboîture, avec la plaque, fe nommoit *cardo*. On en trouve quelques-unes dans le cabinet du Roi de Naples, à Portici, dont le diamètre eft d'un palme; ce qui fait juger de la grandeur que devoient avoir les portes; leur poids eft de vingt, trente, jufqu'à quarante livres. Cette notice peut éclaircir plufieurs paffages des anciens Auteurs qu'on avoit peine à entendre, parce qu'on s'étoit fait une idée fauffe ou obfcure de cette partie des portes. Lorfque les portes des Anciens étoient à deux battans (*bivalvæ*), alors chaque battant en particulier étoit ajufté, comme je viens de le dire, fur des pivots, ainfi qu'on le voit au Panthéon de Rome;

mais lorsque les deux battans pliés en deux formoient ce que nous nommons une *porte brisée*, qui ne tourne que sur un des côtés, ils étoient liés ensemble par le moyen de gonds de bronze, avec pentures, dont les charnieres étoient placées dans l'épaisseur du bois; & quoiqu'apparens, on ne pouvoit voir les deux mamelons de ces gonds; ils étoient couverts des deux côtés par les battans de la porte. Ces observations sont prouvées clairement par un gond de cette espece, sur les deux côtés duquel on voit encore du bois que le temps a pétrifié.

Les temples quarrés n'avoient en général point de fenêtres, & ne recevoient de jour que par la porte, & cela pour leur donner un air plus auguste en les éclairant par des lampes. Lucien (1) dit, d'une maniere expresse, que les temples n'étoient éclairés que par la porte. Les plus anciennes églises chrétiennes sont de même très-foiblement éclairées; &, dans celle de Saint-Miniato, à Florence, il y a, au lieu de vitrages, des tables de marbre de différentes couleurs, à travers duquel passe une foible lumiere. Quelques temples ronds, tels que le Panthéon, à Rome, recevoient le jour d'en haut par une ouverture circulaire, laquelle n'y a pas été percée par les Chrétiens, comme le prétendent quelques

_____

(1) De Domo. p. 193, Opp. t. III, ed. Reitz,

Ecrivains ignorans ; car le contraire eſt prouvé
par le rebord, où l'enchaſſure curieuſe de métal
qu'on y voit encore actuellement, & qui n'eſt
point un ouvrage des temps barbares. Lorſque,
ſous le Pape Urbain VIII, on pratiqua un grand
cloaque pour l'écoulement des immondices juſqu'au Tibre, on trouva, à quinze palmes au-deſ-
ſous du pavé intérieur de la Rotonde, un grande
ouverture circulaire pour l'écoulement des eaux
qui pouvoient ſe raſſembler dans le temple par
l'ouverture du comble ; il y avoit cependant des
temples ronds qui n'avoient pas cette ouverture.

Si l'on peut en juger par les anciens édifices
qui nous reſtent, & particulierement par ceux
de la *villa* Adrienne, à Tivoli, il eſt à croire
que les Anciens préféroient les ténebres à là
lumiere ; car on n'y trouve aucune voûte, ni aucune chambre qui ait des ouvertures pour ſervir
de fenêtres ; & il paroît que le jour y entroit
de même par une ouverture pratiquée en haut
de la voûte : mais comme les voûtes ſe ſont
écroulées vers l'endroit de la clef, ou du point
central, il n'eſt pas poſſible de s'en convaincre
clairement. Quoi qu'il en ſoit, il eſt certain du
moins que de très-longs corridors, ou de longues
galeries, à moitié ſous terre, & qu'on appelloit
cryptoporticus, de plus de cent pas de long, ne
tiroient le jour qu'aux deux bouts, par des eſpèces d'embraſures ou de creneaux, par leſquels

la lumiere tomboit d'en haut. On a placé, à
l'extérieur, devant ces ouvertures, un morceau
de marbre avec plusieurs fentes, par lesquelles
le jour passe maintenant. C'est dans une pareille
galerie (1), très-peu éclairée, que se tenoit,
dans sa maison, M. Livius Drusus, & qu'il écou-
toit, comme Tribun, le peuple de Rome, &
décidoit de ses différends. Les galeries de cette
espèce du *Laurentum* de Pline (2), avoient des
fenêtres des deux côtés. La mollesse des Romains,
du temps des Empereurs, étoit devenue si grande,
que, pendant la guerre, on formoit de semblables galeries souterraines dans les camps; ce que
l'Empereur Adrien fit défendre (3).

Dans les bains, ainsi que dans les appartemens,
les fenêtres étoient toutes placées fort haut,
comme elles le font dans les atteliers de nos
peintres & de nos sculpteurs, ainsi qu'on l'a sur-
tout remarqué aux maisons des villes ensevelies
par le Vésuve. On peut s'en convaincre aussi par
quelques bas-reliefs, & quelques tableaux d'Herculanum (4). Les maisons n'avoient aucune fe-

(1) Appian. de Bell. civ. lib. I, p. 175, lig. 32. Conf.
Supplem. Liv. lib. LXXI, c. 33.
(2) Lib. II, ep. 17, p. 135.
(3) Spartian. Adr. p. 5, D. ed. Par. 1620. Conf.
Casaub. ad h. l. p. 20, D.
(4) Pitt. d'Ercol. t. I, p. 171, 229.—Virgil. Vatic.
n°. 29.

nêtre qui donnât fur la rue. Cette maniere de bâtir n'étoit fans doute pas propre à contenter la curiofité & l'oifiveté; mais elle procuroit un bien meilleur jour aux appartemens, c'eft-à-dire le jour d'en haut. Qu'on fe figure combien cette lumiere eft favorable à la beauté, puifque les jeunes filles de Rome, qui ont été promifes en mariage, ne fe font voir, dit-on, pour la premiere fois en public, à leurs époux, que dans la Rotonde. Les hautes fenêtres de cette efpèce mettoient auffi les appartemens à l'abri du vent & de l'air; voilà pourquoi les Anciens ne fermoient les ouvertures de leurs fenêtres qu'avec un rideau (1). Ces fenêtres n'étoient pas, comme les nôtres, garnies de barreaux de fer, mais feulement d'un treillis appellé *clathrum*, fait de barreaux de fonte, difpofés en croix, & pendus dans des gonds, afin de pouvoir l'ouvrir & le fermer à volonté. On voit de pareils treillis à plufieurs (2) anciens ouvrages; & il s'en eft trouvé un entiérement confervé à Herculanum. A l'un des temples des bas-reliefs de la *villa* Negroni, dont nous avons parlé, il y a des barreaux au lieu de fenêtres aux deux côtés de la porte, depuis la corniche jufqu'à terre, de la même maniere que cela fe trouve

---

(1) Digeft. nov. de Infort. lib. VI, c. 33.
(2) Pitt. d'Erc. p. 229, 261.

vers

vers le haut, à un autre temple de bas-relief (1).
Il y avoit aussi, chez les Anciens, des bâtimens dont les grandes & hautes fenêtres des-
cendoient depuis le plafond jusqu'à terre (2).

Que les Romains aient déjà connu, sous les
premiers Empereurs, les vitrages, c'est ce qui
est clairement prouvé par les morceaux de verre
plat qu'on a trouvés à Herculanum. Philon parle
aussi de fenêtres de verre dans l'ambassade de
l'Empereur Claude (3); par conséquent Lactance
n'est pas le premier Ecrivain qui en ait fait mention, (4) comme le prétend M. Niron dans une
lettre imprimée, adressée de Londres à M. Ve-
nuti en 1759. Je rappellerai ici l'avis qu'Octave
Falconieri donne, dans une lettre (5) écrite de
Rome à Nicolas Heinsius, d'un ancien tableau
représentant certains édifices & un port, avec
leurs noms écrits au bas, tels que ceux de *Portex
Neptuni, Forus Boarius, Balnea Faustinés.* Il
croit que cette peinture est du temps de Constantin. On en voit des dessins coloriés dans le
cabinet du Cardinal Alexandre Albani. Si ces
dessins sont authentiques, ils peuvent servir à
prouver l'existence des fenêtres à vitrages; car

(1) Montf. Ant. expl. t. V, pl. 131.
(2) Vitruv. lib. VI, c. 6.
(3) Opp. t. II, p. 599, l. 16.
(4) De Opific. Dei, c. 5.
(5) Burman. Syllog. epist. t. V, p. 527.

E

on voit à ces édifices un grand nombre de fenêtres ouvrantes, placées les unes à côté des
autres. Ce tableau est encastré dans le mur d'un
pavillon de la *villa* Cesi ; mais le Prince Pam-
fili, possesseur actuel de cette *villa*, y a tout fait
blanchir à neuf ; de sorte qu'il n'est plus possible
de rien voir de ce tableau. Bellori l'a fait ré-
duire & graver en cuivre (1).

Voilà ce que nous avions à dire des parties
extérieures des anciens bâtimens : les parties intérieures sont en général les plafonds ou les
voûtes, les escaliers, & particulierement les appartemens.

Le plafond des temples quarrés étoit ordinairement de bois, tant dans les plus anciens temps,
tel que le plafond de bois de cyprès (2) du
temple d'Apollon, à Delphes, que dans des
temps moins reculés. Les temples de Sainte-
Sophie & de l'Apôtre, à Constantinople (3),
avoient de pareils plafonds. Le traducteur François de Pausanias s'est trompé, lorsqu'entr'autres
il donne au temple d'Apollon, à Phigalie, un
plafond voûté en pierre de taille ; il a pris le
mot οροφος, lequel signifie ici le toit (4), comme

(1) In Fragment. vet. Romæ, p. 1.
(2) Pind. Pith. 5, v. 52.
(3) Codin. de Orig. Constantinop. p. 26, 27, ed.
Lugd. 1597, 8°.
(4) Pausan. lib. I, p. 684.

Il le fait ordinairement (1), pour le plafond.
Le toit de ce temple étoit carrelé de pierres :
quelquefois, à la vérité, ce mot fignifie auffi,
chez Paufanias, le plafond ; mais ce n'eft que
lorfqu'il s'en fert pour exprimer en même temps
le plafond & le toit (2). Il eft vrai auffi que
les Ecrivains Grecs des derniers temps, ont
employé ce mot en un double fens ; de même que
les derniers Ecrivains Romains ont changé &
confondu enfemble les mots. (3) qui fignifient
un plafond uni de bois, & une voûte. Ces plafonds des temples étoient quelquefois faits de
bois de cedre. Les plafonds de l'églife de Saint-
Jean-de-Latran, & de Sainte-Marie-majeure,
peuvent nous donner une idée des plafonds des
anciens temples. Je ne veux cependant pas nier
qu'il n'y ait eu des temples quarrés avec des
voûtes ; telles, par exemple, que celles du temple de Pallas, à Athènes (4). Des temples de
cette efpèce avoient trois nefs, comme on le
voit au temple dont nous parlons ici, au temple
de la Paix, à Rome, & à celui de Balbec.
L'intérieur de ces temples étoit appellé le *vaiffeau,* à caufe des voûtes que les Anciens com-

***

(1) *Id.* lib. V, p. 398, l. 7.
(2) *Id.* lib. IX, p. 776, l. 31.
(3) Conf. Salmaf. in Vopifc. p. 393, A.
(4) Spon, Relat. d'Athèn. p. 27, Lyon, 1674, 12°.

E ij

paroient (1) à la carene d'un navire; & c'eft pourquoi l'on dit encore les vaiffeaux ou nefs du milieu & des côtés. Le temple de Jupiter Capitolin, à Rome, avoit auffi trois nefs ou *cella* (2), & cependant un plafond de bois, qui fut doré après la deftruction de Carthage.

Les appartemens avoient des plafonds horizontaux de bois, comme ils le font encore aujourd'hui généralement en Italie, quand ils ne font pas voûtés; & quand ces plafonds n'étoient formés que par des ais dont on couvroit les folives, ils s'appelloient (3), chez les Grecs, φατνωματα; mais quand ils avoient quelques ornemens, qui confiftoient en des compartimens quarrés, renfoncés, comme ceux qui font encore en ufage en Italie, on leur donnoit le nom de *laquearia*; car cette efpèce de compartiment s'appelloit *lacus*. Les chambres auxquelles on ne donnoit point de plafond, avoient des voûtes (4) faites de cannes grecques battues & écachées, (*volte a canna*) dont Palladio (5) & Vitruve enfeignent la conftruction.

On donnoit la forme aux voûtes avec du bois & des ais, fur lefquels on lioit des cannes écachées,

(1) Salmafius in Solin. p. 1215.
(2) Ryck. de Capit. c. 16.
(3) Salmaf. in Solin. p. 1215, E.
(4) Vitruve, lib. VI, c. 5.
(5) De re Ruft. lib. I, c. 13.

qui, en général, font plus longues & plus fortes en Italie qu'en Allemagne. Sur ces cannes on plaçoit des fcories du Véfuve ; &, fur ces fcories, on mettoit du ciment (de la pouzzolane); enfin, la derniere couche fe faifoit avec du marbre & du plâtre pilés. Dans quelques maifons des villes enfevelies par le Véfuve, on a trouvé de femblables plafonds, lefquels néanmoins étoient abattus & comprimés enfemble.

Les efcaliers des temples qui conduifent endedans des murs fur le toit, étoient des efcaliers à vis ou coquille, tels que ceux du temple de Jupiter Olympien (1), dans l'Elide, de la rotonde du temple de la Paix, & des bains de Dioclétien. Dans les autres édifices publics, on n'a point trouvé d'efcaliers, fi l'on en excepte les marches des théâtres ; car on avoit déjà enlevé anciennement ces marches, ainfi qu'on l'a fait de notre temps à celui de la *villa* Adrienne, & à un autre qu'on a trouvé à peu de diftance du palais de Santa Croce, à Rome. Le premier conduifoit à une galerie ouverte avec des colonnes magnifiques ; il montoit tout droit avec fes paliers, mais n'avoit que huit palmes de large ; ce qui n'eft guere convenable pour la maifon de plaifance d'un Empereur. Les degrés de la prétendue maifon de campagne de M. Scaurus, fur

(2) Paufan. lib. V, p. 400, l. 31.

E iij

le mont Palatin, étoient de la même largeur, comme Ligorius le fait voir dans le plan qu'il en a donné dans son Ouvrage.

Les marches étoient, en général, plus hautes chez les Anciens qu'on ne les fait aujourd'hui dans les palais & dans les grandes maisons; & celles qui font autour d'un des temples de Pestum, (car à l'autre on ne peut plus les voir) font d'une hauteur extraordinaire. Elles ont trois palmes romains de haut, sur deux palmes & trois quarts de large; de sorte que ce n'est qu'avec beaucoup de peine qu'on y monte. Les marches qui regnent autour de l'ancien temple qui s'est conservé à Girgenti, font de cette même élévation, & celles du temple de Théfée, à Athènes, ne femblent pas être plus basses. On voit une pareille espèce de marches à un temple représenté dans le Virgile du Vatican. Quelques marches de la plus grande pyramide d'Egypte (1) ont deux pieds & demi de hauteur; d'autres en ont jusqu'à quatre d'élévation. Ces marches, autour des temples, étoient difficiles à monter; mais elles servoient en même temps de gradins au peuple pour s'y asseoir; car, à la plupart des anciens temples, il y avoit peu d'espace pour contenir une grande multitude; de sorte que le peuple s'asseyoit sur ces marches

(3) Pocock. Descr. of the East. t. I, p. 43.

des temples, comme il eſt démontré par quelques paſſages des anciens Ecrivains. Pauſanias (1) dit qu'à un palais qui ſe trouvoit à peu de diſtance de Delphes, où les députés de la Phocide tenoient leurs aſſemblées, il y avoit des marches ſur leſquelles ces députés prenoient ſéance. Cicéron (2) parle auſſi d'un temple près de la porte Capena, ſur les marches duquel le peuple s'aſſeyoit. C'eſt ainſi qu'on voit ſur la table Iliaque, qui eſt au Capitole (3), la mere, les ſœurs & les parens d'Hector, aſſis & pleurant ſur les marches qui entourent le tombeau de ce héros. Cependant, lorſqu'il ne régnoit point de marches tout autour de l'édifice, ainſi qu'aux temples ronds, alors il n'y en avoit qu'à l'entrée ; car ces temples portoient toujours ſur une baſe élevée, principalement quand il y avoit des pilaſtres. Et comme, dans les derniers temps de l'Antiquité, on donnoit aux colonnes des ſoubaſſemens fort hauts, cela faiſoit néceſſairement que l'entrée s'en trouvoit plus exhauſſée : voilà pourquoi il y a au temple en queſtion de la *villa* Negroni, dix marches qui conduiſent à ſa porte.

Nous obſerverons encore que les marches &

_____

(1) Lib. X, p. 808, l. 10.
(2) Ad Attic. lib. IV, ep. 1.
(3) Tab. II, Fabret. n°. 110. Conf. Gori Muſ. Guarnac. p. 17.

E iv

degrés des Anciens, n'avoient point de congé,
comme on leur en donne aujourd'hui, mais
qu'ils formoient un angle droit & aigu. Les
marchés de la *villa* Adrienne étoient faites de
deux tables égales de marbre unies enfemble, à
angle droit. Les marches qui regnent autour du
pronaos du Panthéon, ne peuvent par conféquent
être d'une haute antiquité.

Je ne ferai point ici de recherches fur les
chambres des Anciens, & je ne citerai point ce
qu'on en trouve dans les anciens Ecrivains, parce
que cela a déjà été dit en grande partie, &
qu'on ne peut en donner une idée exacte fans
planches. Je me contenterai donc de parler de
ce que j'ai vu moi-même. Les chambres des Anciens, & particulierement celles où ils couchoient,
étoient, pour la plupart, voûtées par le haut;
ainfi que Varron nous l'apprend (1) : c'étoit de
cette maniere qu'étoit faite celle que Pline (2)
décrit dans fon *Laurentum;* & l'on foupçonne
que de pareilles chambres, qu'on a trouvées au
fecond étage de la *villa* Adrienne, étoient des
chambres à coucher, parce qu'il y avoit une
grande niche qui fervoit d'alcove, & dans laquelle étoit placé le lit. Les chambres de Pline
avoient des fenêtres tout autour; dans l'une

(1) Conf. Scalig. Conject. in Varron. lib. VII, p. 173.
(2) Lib. II, ep. 17, p. 130, ed. Lugd. 1669, 8°.

cependant, le jour tomboit d'en haut par une ouverture qui se fermoit sans doute pendant la nuit.

Il paroît, par les ruines de la *villa* en question de l'ancien Tusculum, ainsi que par les chambres d'une magnifique maison de campagne, près la ville d'Herculanum, où l'on a trouvé la plus grande partie des bustes de marbre & de bronze, qui sont dans le cabinet de Portici; il paroît, dis-je, par ces chambres, que celles des Anciens étoient fort petites. Celle dans laquelle s'est trouvée, à Herculanum, la bibliotheque, composée de plus de mille rouleaux de livres, étoit si petite, qu'en étendant les deux bras, on pouvoit, pour ainsi dire, toucher l'une & l'autre muraille. Dans la maison de campagne de Tusculum, il y avoit une petite chambre, avec une séparation particuliere, faite de cette maniere; ce qui feroit croire que c'étoit dans la division extérieure que se tenoient les domestiques. A étoit la porte de la chambre, & B la porte d'entrée de la division intérieure qui étoit faite avec une muraille fort mince. On n'a apperçu aucune trace de cheminées dans les chambres; mais dans quelques chambres de la ville d'Herculanum, il s'est trouvé des charbons de bois; d'où l'on peut conclure qu'on ne s'y chauffoit qu'avec cette espèce de combustible. Encore même, de nos jours, n'y a-

t-il point de cheminées dans les maifons bour-
geoifes de Naples ; & les perfonnes de diftinc-
tion qui cherchent à conferver leur fanté, tant à
Naples qu'à Rome, habitent des chambres fans che-
minée, & ne font point ufage de charbon : mais,
dans les maifons de campagne, hors de Rome,
fur des lieux élevés, où l'air eft plus pur &
plus froid, les *hypocaufta*, ou poëles, étoient
fans doute plus communs que dans la ville. Il
y avoit plufieurs chambres à poële dans la maifon de campagne de Tufculum, dont nous avons
parlé, qu'on a découvertes en faifant des fouilles
pour le bâtiment qu'on y voit aujourd'hui. Au-
deffous de ces chambres, il y avoit, fous terre,
des chambres baffes de la hauteur d'une table,
& toujours deux à deux, fous chaque chambre,
fans aucune entrée. Le plafond horizontal fupérieur de ces chambres, étoit fait de fort groffes
briques maçonnées fans chaux, mais feulement
avec de l'argille, afin qu'elles ne fe gerfaffent
point par la chaleur. Dans le plafond fupérieur
de ces chambres, il y avoit des tuyaux quarrés
d'argille qui y étoient maçonnés, & qui defcen-
doient jufqu'à la moitié de la hauteur de la
chambre, où ils avoient leurs ouvertures. Ces
tuyaux étoient prolongés dans les murailles des
chambres, & avoient, dans une autre chambre
au-deffus de celles-ci, c'eft-à-dire au fecond
étage, leur ouverture, par le moyen d'un mufle

de lion de terre cuite. On se rendoit à ces chambres souterraines par une allée très-étroite d'environ deux pieds de large ; & l'on y jettoit, par une ouverture quarrée, des charbons dont la chaleur montoit par les tuyaux en question, jusques dans la chambre qui se trouvoit immédiatement au-dessus, dont le pavé étoit fait d'une mosaïque grossiere, & dont les murs étoient revêtus de marbre. Cette chambre étoit ce qu'on appelloit l'étuve (*sudatorium*). La chaleur de cette chambre se communiquoit à celle au-dessus, par le moyen des tuyaux qui montoient dans le mur, & qui avoient une ouverture dans l'une & dans l'autre de ces chambres, pour recevoir & pour laisser passer la chaleur, laquelle étoit tempérée dans la chambre d'en haut, & qu'on pouvoit y augmenter ou diminuer à discrétion. On peut se faire une idée exacte de cette espèce d'étuve & de chambres à tuyaux, par la découverte qu'on a faite en Alsace de pareilles chambres, que M. Schoepflin a fait examiner & dessiner avec tant de soin (1), & qui, pour ce qui regarde le plan général, ne différent point des chambres de Tusculum.

---

(1) Alsat. t. I, tab. 15.

CHAPITRE II.

Des Ornemens de l'Architecture.

APRÈS qu'on eut inventé toutes les parties
essentielles de l'Architecture, on songea aux
ornemens qui pouvoient servir à l'embellissement
des édifices, sur lesquels nous allons d'abord
jetter un coup-d'œil général pour parler ensuite
de chacun en particulier.

Un édifice sans ornemens peut être comparé
à la santé du corps dans l'indigence, qu'on ne
regarde point comme pouvant faire seule le bonheur de l'homme, ainsi que le remarque Aris-
tote (1); & la monotonie peut devenir aussi
vicieuse dans l'Architecture que dans le style
d'un livre, & dans toutes les autres productions
de l'Art. C'est la variété qui est la source de
l'agrément : dans le Discours comme dans l'Architecture, elle sert à flatter l'esprit & les yeux;
& lorsque l'élégance se trouve jointe à la simplicité, il en résulte la beauté; car une chose
est parfaite, quand elle réunit toutes les parties
qui lui sont essentielles. Voilà pourquoi il faut
que les ornemens d'un édifice soient conformes

(1) Reth. lib. I, c. 5, p. 26, ed. Lond.

& proportionnés, tant à leur objet général, qu'à leur objet particulier. Considérés sous ce premier rapport, ils doivent être regardés comme accessoires ; &, suivant le second, ils ne doivent apporter aucun changement à la nature du lieu & à sa destination : on peut les regarder comme un vêtement qui ne sert qu'à couvrir le nud ; & plus un édifice est grand dans son plan, moins il exige d'ornemens ; semblable à une pierre précieuse qui ne doit être enchassée, pour ainsi dire, que dans un fil d'or, afin de mieux conserver tout son éclat.

Dans les premiers temps de l'Art, l'élégance étoit aussi rare aux édifices qu'aux statues : & on ne voit à ces bâtimens aucunes moulures saillantes ou rentrantes, non plus qu'aux anciens autels ; mais les parties auxquelles on a, dans la suite, donné ces ornemens, y sont tout-à-fait lisses. Peu de temps avant Auguste, on ajouta, sous le Consulat de Dolabella, une arcade à l'aqueduc de Claude, sur le mont Celio, à Rome, dont les solives saillantes & inclinées dans la corniche de travertin, passent sur une ligne droite au-dessus de l'inscription (1) ; ce qui, dans la suite, n'a pas été fait d'une maniere aussi simple, puisque les modillons enrichis de sculpture ne sont autre

_____

(1) Gruter. Inscript. p. 176, n°. 2. —Montfauc. Diar. Ital. p. 148.

chofe que la repréfentation de l'extrémité de ces folives.

Mais lorfque l'on commença à chercher la variété dans l'Architecture, laquelle confifte dans le mouvement & la différence des plans, on interrompit les membres droits pour y fubftituer les profils. Cette variété cependant, que chaque ordre de l'Architecture s'appropria, & qui en fit l'agrément, ne fut pas regardée comme une néceffité abfolue, & faifoit fi peu l'objet des recherches des Anciens, que le mot qui fervoit à l'exprimer, (1) n'étoit employé, par les Romains, que pour ce qui regardoit la parure des vétemens. Dans des temps poftérieurs, on n'appliqua d'abord le mot latin, que nous traduifons par celui d'élégance, qu'aux productions de l'efprit; car, lorfque le bon goût commença à fe perdre, & qu'on s'occupa plus de l'apparence que de la réalité, on ne regarda plus les ornemens comme de fimples acceffoires, mais on en chargea les endroits qui jufqu'alors étoient reftés nuds : c'eft ce qui produifit le goût mefquin dans l'Architecture; car, lorfque chaque partie eft petite, le tout doit de même être petit, comme l'a dit Ariftote. Il en fut de l'Architecture comme des langues anciennes, qui devinrent plus riches à mefure qu'elles perdirent de leur énergie &

_____

(2) Aul. Gell. Nott. Attic. lib. II, c. 2.

de leur beauté, ainfi qu'il eft facile de le prouver pour la langue grecque & pour la langue latine; & comme les Architectes virent qu'ils ne pouvoient ni furpaffer, ni même égaler leurs prédéceffeurs en beauté, ils chercherent à y fuppléer par la richeffe & la profufion.

C'eft fans doute fous Néron que l'on commença à faire ufage des ornemens inutiles; car ce goût régnoit déjà du temps de Titus, comme on peut le voir à fon arc; & on l'adopta de plus en plus fous les Empereurs fuivans. On voit au temple & au palais de Palmyre le ftyle de l'Architecture du temps d'Aurelien; car ce qui nous refte de ces édifices, a fans doute été fait immédiatement avant le regne de cet Empereur, ou peut-être fous fon regne même, puifque tous les édifices de cet endroit font du même ftyle. Mais il n'eft pas poffible de décider fi le morceau énorme d'une architrave de marbre qu'on voit dans le jardin du palais Colonne, eft d'un temple du Soleil bâti fous cet Empereur (1).

------

(1) Ce morceau, que Palladio (*Archit. lib. IV, c.* 12) nous a donné, a été deffiné plutôt d'après l'imagination que d'après la vérité; car il fait fortir des feftons de laurier un Amour armé de fon arc & de fon carquois : ou bien il faut qu'il ait pris le morceau de cette architrave, qui a été employé à faire la baluftrade de la chapelle Colonne, dans l'églife des Apôtres, & le pavé de la galerie du palais Colonne. Chambrai, (*Paral. de l'Archit.*

Les montans & le linteau des portes, ainſi que les portes même, étoient, pour ainſi dire, entierement chargés de feſtons, de fleurs & de fruits, comme on le voit au temple de Balbec (1), & il y a encore pluſieurs de ces portes à Rome : les colonnes n'en étoient pas moins chargées. La baſe entiere, avec toutes ſes parties, étoit entourée de feſtons, ainſi qu'on le peut remarquer aux baſes (2) des colonnes de porphyre de ce qu'on appelle le Baptiſtére de Conſtantin, à Rome, de même qu'à une autre baſe d'une grandeur extraordinaire dans l'égliſe de Saint Paul, à Rome, laquelle a neuf palmes de diametre. C'eſt auſſi de cette maniere qu'étoient ſculptées celles qu'on a trouvées, de notre temps,

---

anc. & mod. c. 28) qui a copié ce morceau d'après Palladio, l'a de nouveau changé à ſa fantaiſie : au lieu d'un Amour, il y a mis un enfant effrayé d'un lion, qui ſemble ſortir d'un feuillage de laurier. Les deux parties d'en bas de l'architrave qui portent ſur les colonnes, & qui, avec la friſe, qui eſt au-deſſus, ſont d'une ſeule piece, ont enſemble treize palmes quatre pouces de hauteur, & ce morceau a vingt-deux palmes quatre pouces de long ; l'autre morceau, ſavoir, une partie de la corniche de cette architrave, ſur lequel commence auſſi le frontiſpice d'une ſeule piece, a à-peu-près la même hauteur & la même longueur.

(1) Pocock. Deſcription of the Eaſt. t. II, p. II, p. 109.

(2) Pallad. Archit. lib. IV, c. 16.

fur

fur le mont Palatin (1). On commença à donner aux colonnes mêmes des baguettes dans les cannelures qui montent jufqu'au tiers du fuft : on interrompit les baguettes, ou arêtes plates entre les cannelures, en les divifant en trois, & même jufqu'en cinq parties ou petites baguettes. Enfuite on donna aux cannelures une forme fpirale ou torfe, qu'on appella (2) εἰλημματικοὶ κίονες, *volatiles columnæ*. Les plus fortes colonnes de cette efpèce ont été employées à un autel de l'églife de Saint Pierre, à Rome ; & c'eft ainfi que font faites celles d'albâtre oriental qu'on voit dans la bibliotheque du Vatican. Enfin, on imagina de donner aux colonnes des piédeftaux en faillie, ou des efpèces de modillons qui portoient de petites figures, comme il y en a aux colonnes de Palmyre (3), & à deux colonnes de porphyre de l'autel de la chapelle Pauline au Vatican. Ces faillies font placées de façon, que les deux petites figures d'Empereur qu'elles portent touchent prefque au fuft des colonnes. Ces figures ont l'accoûtrement des fuccefleurs de Gallien, qui, en général, portent le globe à la main, & qui fe tiennent embraffées. La hauteur de ces figures eft de deux palmes & demi, & la tête feule a fept pouces ;

(1) Bianchini, Palaz. de' Cefari, tab. 3.

(2) Salmaf. not. in Vopifc. p. 393, E.

(3) Wood, Ruines de Palmyre.

F

ce qui fait le quart de la figure entiere ; d'où il est facile de se former une idée du style de ce travail. On a fait aussi des bustes tout-à-fait saillans du même bloc que le fust de la colonne, comme on peut le voir à deux colonnes qui sont au palais Altemps, à Rome. Le travail de ces bustes est le même que celui des figures dont nous venons de parler. Dans le jardin du Marquis Beloni, à Rome, il y a des pilastres triangulaires isolés qui sont cannelés. Lorsqu'on ne sut plus rien imaginer de nouveau en ornement, on fit des colonnes d'une seule piece avec le chapiteau : il y a deux pareilles colonnes du plus dur serpentin oriental, au palais Giustiniani.

Les bains de Dioclétien, qui subsistoient encore en grande partie il y a deux siecles, étoient alors la principale école des Architectes pour la partie de l'élégance. Chambrai (1) en a représenté deux morceaux. C'est d'après les niches avec les colonnes des deux côtés, & la corniche au-dessus, que San Gallo fit le premier des ornemens pareils à ceux des Anciens aux fenêtres du palais Farnese. La corniche interrompue au-dessus des hautes arcades, engagea Michel Ange à s'écarter de même de la regle, & à interrompre la corniche de la grande fenêtre qui est au-dessus de l'entrée du Capitole, ainsi qu'à faire sortir cette

(1) Loc. cit. c. 16, & 29.

fenêtre par un arceau au-deſſus de cette corniche. C'eſt de ce même édifice (lequel ſeul avoit cette eſpèce d'arcade) que les Architectes ont pris l'idée des colonnes ſans entablement, & avec un ceintre qui ſert à les lier enſemble, comme on en voit dans l'intérieur de la cour du palais de Dioclé-tien, à Spalatro, en Dalmatie. Le portail ſémi-circulaire de l'égliſe *della Pace* du noviciat des Jéſuites, à Rome, & celui de l'égliſe *d'Ariccia*, furent imaginés par le Bernin, d'après les plan-ches des bains en queſtion. On pourroit encore citer un plus grand nombre d'imitations qu'on a faites d'après ces bains.

Quant à ce qui regarde les ornemens en parti-culier, ils ſont placés en partie à l'extérieur, & en partie dans l'intérieur des édifices. Nous devons d'abord remarquer ceux qui ſervoient à décorer les temples & les édifices publics, en commençant par le toit.

Dès les plus anciens temps on plaçoit, & dans Rome même, des ſtatues ſur le fronton des temples ; & Tarquinius Priſcus (1) fit cou-ronner le fronton du temple de Jupiter Olym-pien, à Rome, par un quadrige de terre cuite, à la place duquel on en mit enſuite un d'or (2), ou peut-être doré ſeulement. Sur le haut du

_____

(1) Plin. lib. XXXIII, c. 45.
(2) *Id.* lib. XXIX, c. 38.

F ij

fronton du temple de Jupiter Olympien, à Elis (1),
il y avoit une Victoire dorée, & de chaque côté,
c'est-à-dire sur les acroteres ou amortissemens du
fronton, étoit placé un vase pareillement doré.
Macrobe (2) parle d'un temple de Saturne, sur
le comble duquel il y avoit des Tritons qui son-
noient d'une conque marine. Sur les acroteres du
fronton du temple de Jupiter Capitolin, on avoit
placé des Victoires volantes (3).

Les corniches des toits qui s'amortissent en
pointe, étoient décorées de petits ornemens qui
ressemblent aux boucliers des Amazones, comme
on le voit à un temple dans le Virgile (4) du Vatican; & souvent d'une espèce de feuillage avec
des fruits, ainsi que nous en présentent des bas-
reliefs. Ces ornemens étoient communément de
terre cuite; on en a conservé quelques morceaux;
quelquefois le comble étoit doré (5).

Les combles même étoient déjà, dès les premiers temps de Rome, ornés d'ouvrages en
bas-relief (6), pareillement de terre cuite. Aux
temples grecs & aux églises publiques, il y avoit
des ouvrages riches en figures. Au temple de

---

(1) Pausan. lib. V, p. 398, l. 5.

(2) Saturn. lib. I, c. 8, p. 184, ed. Lugd. 1597, 8°.

(3) Ryck. de Capit. c. 5, p. 60.

(4) N°. 44.

(5) Lips. Inscript. fol. 6, n°. 7.

(6) Plin. lib. cit. c. 46, & lib. XXXV, c. 12,

Jupiter, à Elis, dont nous venons de parler, on voyoit la courſe des chevaux de Pelops & d'Oenomaus (1). Le fronton de la façade du temple de Pallas (2), à Athènes, étoit orné de la naiſſance de cette Déeſſe; & ſur celui de derriere étoit repréſentée la diſpute de cette même Déeſſe avec Neptune. Sur le fronton du tréſor de la ville de Mégare, en Elide, on voyoit le combat des Dieux contre les Géants (3), & ſa pointe étoit couronnée par un bouclier. Les plus grands artiſtes ont cherché à ſe diſtinguer par cette eſpèce d'ouvrage, & Praxitele (4) repréſenta les douze travaux d'Hercule ſur le fronton d'un temple de ce Dieu, à Thebes. C'eſt ce que n'ont compris, ni le traducteur Latin, ni le traducteur François de Pauſanias; car ils ont penſé que cet ouvrage en bas-relief, ornoit une coupole qu'ils ſe ſont imaginé de placer ſur ce temple. Cependant, Pauſanias dit expreſſément ἐντοῖς ἀετοῖς, *ſur le fronton.* Sur un temple d'Athènes, probablement conſacré à Caſtor & Pollux, il y avoit des vaſes (5), leſquels avoient ſans doute pour objet les athletes;

---

(1) Lucian. de Domo, p. 195. —Pauſan. lib. cit. p. 399, l. 10.

(2) Pauſan. lib. I, p. 57, l. 28.

(3) *Id.* lib. VI, p. 500, l. 22.

(4) *Id.* lib. IX, p. 732, l. 31.

(5) Callim. Fragm. CXXII, ed. Spanhem. p. 366.

car, dans les premiers temps, le prix qu'on accordoit à Athènes aux athletes, vainqueurs au pugilat (1), confiftoit en des vafes remplis de l'huile facrée qu'on recueilloit des oliviers plantés dans l'Acropole d'Athènes; de même qu'on voit ces vafes, comme un emblème de la lutte (2), fur les médailles & les pierres gravées où font repréfentés des lutteurs.

On ornoit de différentes manieres les chapiteaux des colonnes; mais les nouvelles inventions de cette efpèce n'ont jamais été généralement reçues, & n'ont point fait regle. Ptolomée Philopator, pour la fête magnifique dont Athénée nous a donné la defcription, fit conftruire une falle à manger dont les chapiteaux des colonnes (3) étoient compofés de rofes, de lotus & d'autres fleurs. Au temple du *forum* de Nerva, il y avoit des chapiteaux, aux quatre coins defquels fortoit un Pegafe (4). Le Comte Fede poffede, à fa maifon de campagne, dans la *villa* Adrienne, près de Tivoli, deux chapiteaux avec des dauphins, lefquels ont probablement appartenu au temple de Neptune de cette *villa*; &

---

(1) Defcript. des pierres gravées du cab. de Stofch, p. 460.

(2) Spanhem. De præft. num. t. I, p. 134.

(3) Athen. Deipnof. lib. V, p. 206, l. 2.

(4) Labac. Archit. fig. 15.

l'on voit de femblables chapiteaux dans le temple de *Nocera de' Pagani*, à peu de diftance de Naples. En parlant de chapiteaux de cette efpèce, on dit figurément qu'ils vomiffent des dauphins (1) (*delphinos vomere*). Dans l'églife de Saint Laurent, hors de Rome, il y a deux colonnes avec des chapiteaux, fur les quatre coins defquels il y a autant de Victoires; deux pareils chapiteaux, mais plus grands, font dans la cour du palais Maffimi *alle colonne*.

Quant aux caryatides auxquelles on a auffi donné le nom d'atlantes (2) & de télamones (3), & dont on fe fervoit au lieu de colonnes, on en voit à un temple repréfenté fur une médaille (4); &, à Athènes, il y a des figures de femmes avec de longues treffes, qui foutiennent un portique (5) du temple d'Erecthée; mais aucun des voyageurs connus ne nous a encore donné une defcription exacte de ces figures, d'après laquelle on puiffe dire avec certitude de quel temps elles font. Paufanias n'en parle point. La figure perfique du palais Farnefe a été trouvée, à ce qu'on prétend, près du Panthéon : il eft

(1) Salmaf. in Solin. p. 912, D.

(2) Ath. l. c.

(3) Vitruv. lib. VI, c. 10.

(4) Havercamp. Numif. Reg. Chrift. tab. 19.

(5) Pocock. Defcript. of the Eaft. t. II, p. II, p. 163.

à croire que c'eſt une de celles faites par Dio-
genes d'Athènes, & qui étoient placées ſur la colonnade d'en bas du temple, c'eſt à-dire, qu'elles
ſervoient de ſecond ordre de colonnes, à la
place de l'attique qu'on y voit actuellement. Les
corniches actuelles des colonnes d'en bas n'ont
pas la ſaillie néceſſaire pour ſervir de baſe à de
pareilles figures; mais il faut ſe rappeller que
ce temple a été deux fois la proie des flammes,
& qu'il a été rebâti par Marc Aurele, & par
Septime Severe; que par conſéquent il doit avoir
éprouvé de grands changemens dans l'intérieur.
Il faut entr'autres que le feu y ait détruit (1)
les chapiteaux ſyracuſiens de bronze, ou plutôt
de bronze de Syracuſe, lequel doit avoir été
une eſpèce particuliere de bronze compoſé de
la combinaiſon de différens métaux : le temple
de Veſta (2) étoit couvert de ce bronze de
Syracuſe. L'ordre attique placé ſur les colonnes
d'en bas, qui étoit un ouvrage compoſé (3) d'un
petit nombre de pilaſtres ſaillans, & qu'on a enlevé, il y a deux ans, d'une façon barbare, n'étoit
ſans doute pas analogue à la grandeur de ce temple; & c'eſt à la place de ces pilaſtres que doi-

___

(1) Plin. lib. XXXIV, c. 7; lib. XXXVI, c. 5,
2.

(2) *Id.* lib. XXXIV, c. 7.

(3) Conf. Stuckely's Account of a Roman temple in Phi-
loſ. tranſact. an. 1720, Dec.

vent s'être trouvées anciennement les caryatides ; du moins la grandeur de la figure du palais Farnese s'accorde-t-elle avec la hauteur de l'ordre attique, laquelle est de près de dix-neuf palmes. La mi-figure a environ huit palmes, & la corbeille qu'elle porte sur sa tête en a deux & demi. Ce que quelques Ecrivains (1) ont regardé jusqu'à-présent comme de semblables caryatides, sert à prouver leur grande ignorance. Il y avoit une espèce particuliere de caryatides (2) dans le tombeau de l'affranchi de Sextus Pompejus, où des figures nues d'homme portoient un chapiteau sur la tête, & tenoient des deux mains une colonne droite, laquelle cependant ne soutenoit rien.

Les ornemens de l'entablement qui porte sur les colonnes étoient différens, suivant l'ordre d'architecture de l'édifice. J'ai parlé plus haut d'une conjecture, que m'a donné lieu de faire un passage d'Euripide, sur l'espace ouvert entre les trygliphes des temples doriques des premiers temps. Lorsque, dans la suite, on ferma ces espaces, qu'on nomme métopes, on songea à leur donner quelques ornemens : ces ornemens dûrent leur origine aux boucliers dont on décoroit la frise de l'entablement, & qu'on suspen-

---

(1) Demontiof. Gallus Romæ hosp. 12.—Nardini Rom. ant. p. 383, ed. 1704.

(2) Montfauc. Ant. expliq. t. V, pl. 16, p. 54.

doit, felon toute apparence, aux métopes. Au temple d'Apollon, à Delphes, on y avoit fuf-pendu des boucliers d'or (1), faits des dépouilles des Perfes après la bataille de Marathon; & ceux que le Conful Romain Mummius fit attacher à la frife (2) du temple dorique de Jupiter, à Elis, étoient dorés. Les armes du poëte Alcée, qu'il abandonna en fuyant, & que les Athéniens pendirent au temple de Pallas, au Sigée, étoient probablement placées au même endroit de l'enta-blement. Dans le premier paffage de Paufanias, que nous venons de citer, les traducteurs La-tins, & les autres ont lu le chapiteau, au lieu de l'entablement ou de la frife, contre le vrai fens de ce mot; car ἐπιϛυλιον fignifie bien réelle-ment une partie de l'entablement (3) qui va d'une colonne à l'autre; mais ici, comme ailleurs, il eft pris pour l'entablement entier, ou bien pour la frife en particulier. Au temple d'Elis, la frife eft nommée, par circonlocution (4), ἡ ὑπὲρ τῶν κιόνων περιθέουσα ζώνη; c'eft-à-dire, la cein-ture ou le lien, lequel paffe autour du bâtiment fur les colonnes. Dans un autre paffage, où ce même Ecrivain parle de l'ouvrage de la frife du

---

(1) Paufan. lib. X, p. 834, l. 4.
(2) *Id.* lib. V, p. 399, l. 5.
(3) Herodot. lib. V, p. 205, l. 4, ed. H. Steph.
(4) Vitruv. lib. IV, c. 3.

temple de Junon, proche de Mycènes, il dit : ce qui est travaillé en relief au-dessus des colonnes (1), ὁπόσα ὑπὲρ τοὺς κίονας ἐςὶν εἰργασμένα. D'autres Ecrivains ont donné à la frise le nom de (2) διάζωσμα. Domenichi, le traducteur Italien de Plutarque, a entendu de même le chapiteau par le mot ἐπιςύλιον, à l'endroit où l'auteur Grec parle du temple que Périclés fit bâtir à Eleusis. Quoi qu'il en soit, il y avoit aussi des boucliers attachés aux colonnes du temple de Jupiter, à Rome (3).

Ces boucliers réels donnerent, dans la suite, lieu de placer des boucliers en bas-relief dans les métopes, & cet ornement a été employé aussi par les architectes des temps postérieurs, dans l'ordre dorique, comme on peut le voir à plusieurs palais de Rome, qu'on a décorés pareillement d'autres armes & trophées militaires, tels qu'au temple de Jupiter Capitolin (4).

Sur les métopes de la frise du temple dorique de Pallas, à Athénes, sont représentés des combats (5) contre des centaures, des lions, &c. & sur ceux du temple de Thésée, on voyoit les

---

(1) Pausan. lib. V, p. 399, l. 5.
(2) Athen. Deipnos. lib. V, p. 205, C.
(3) Liv. lib. XL, c. 51.
(4) *Id.* lib. XXXV, c. 10.
(5) Pocock. Descript. of the East. t. II, p. II, p. 163.

combats de ce héros. Vitruve (1) propose d'y
mettre des carreaux de foudre. Les frises de l'ordre corinthien étoient ornées de têtes de taureaux
& de béliers, ainsi qu'on le voyoit au temple de
Melasse, dans la Carie (2); ou bien on y plaçoit
des ustensiles de sacrifice, comme à la frise des
trois colonnes au bas du Capitole. A la frise du
temple de l'Empereur Antonin & de Faustine,
il y a des griffons qui tiennent des lustres. C'est
de ces mêmes ornemens que sont décorées les
frises d'un joli petit temple (3) ou d'une chapelle, à une lieue de Sienne, du côté de Florence, lesquelles sont de terre cuite, ainsi que
les chapiteaux corinthiens des pilastres. De la

---

(1) Liv. III.

(2) Pocock. Descript. of the East. t. II, p. II, p. 61.

(3) Je ne déciderai rien sur l'antiquité de cet édifice.
La conservation si parfaite d'un ouvrage du temps des
Romains, en cet endroit, me paroît un peu probléma-
tique, puisqu'il ne s'est rien conservé d'entier des anciens
édifices en Toscane; car le Baptistere de Florence, que
les Florentins prétendent avoir été un temple de Mars, ne
peut paroître un monument de l'Antiquité qu'à ceux qui
n'ont appris à la connoître qu'en passant. Tous les autres
Baptisteres sont, comme celui-ci, octogones : tels sont,
par exemple, ceux de Rome & de *Nocera de' Pagani* entre
Naples & Salerne. Il ne m'a pas été possible d'avoir d'autres renseignemens sur l'édifice près de Sienne, sinon qu'il
subsistoit déjà lors d'une visite des églises, faite en
1520.

même maniere font décorés quelques anciens
tombeaux dans les environs de Rome. Vers le
temps de Pâques, de l'année 1761, on trouva,
à Rome, six morceaux d'une pareille frise, de
deux palmes de haut, laquelle étoit attachée au
mur avec des clous de plomb : un de ces clous
avoit plus d'un demi-palme de long. L'ouvrage
en relief de ces morceaux de frise est d'un beau
dessin, & bien exécuté. Sur l'un de ces morceaux
on voit Bacchus, & une Bacchante qui danse en
frappant ses crotales ; entre ces deux figures se
trouve placé un jeune Satyre qui porte sur l'épaule
une urne funéraire d'une forme longue & conique,
avec deux anses; de l'autre main il tient une torche
allumée & renversée. Cette figure est un emblême
de l'emploi qu'il faut faire de la vie & de sa
jouissance, avant que le flambeau ne s'en éteigne,
& qu'on ne rassemble nos cendres pour les dé-
poser dans le tombeau. Sur deux autres morceaux de cette frise est représenté Silene qui
embrasse un jeune Génie aîlé de Bacchus, & qui
cherche à le baiser. J'ai parlé de ce Génie dans
la description des pierres gravées du cabinet de
Stosch (1). Ces bas-reliefs étoient peints, comme
il est facile de le remarquer encore à quelques-uns.

La corniche de l'entablement étoit, en général,
ornée de têtes de lions, à des distances données,

_____

(1) Pag. 229, n°. 1437 & 1438.

foit pour fervir d'écoulement aux eaux, ou pour
en indiquer la place. A l'entablement des trois
colonnes de *Campo vaccino*, à Rome, la corniche
avec de pareilles têtes s'eft confervée.

Aux ouvertures rondes qui, dans les temples
& aux autres édifices, tenoient lieu de fenêtres, on
fculptoit des feftons à rubans ou à feuillages (1).
Au fronton du temple de Jupiter tonnant, au
Capitole, pendoient de petites cloches (2).

Les archivoltes des niches étoient ornés d'une
efpece de coquille : le plus ancien ouvrage auquel
cet ornement fe foit confervé, eft un bâtiment
circulaire en forme de théâtre, lequel a probablement appartenu au *forum* de Trajan. Cette
coquille fe trouve auffi dans les niches de Palmyre, & au temple de Rome, auquel on a fauf-
fement donné le nom de temple de Janus.

Dans le *pronaos* ou portique du temple, le
mur, à l'entrée, étoit fouvent peint, ainfi qu'il
l'étoit au temple de Pallas, à Platée (3), fur
lequel on avoit repréfenté Uliffe, vainqueur des
amans de Penelope : quelques édifices étoient
enduits en rouge (4), d'autres en verd.

Les ornemens de l'intérieur des édifices qui

---

(1) Scalig. Conject. in Varron. p. 17.
(2) Ryck. De Capit. c. 29, p. 143.
(3) Paufan. lib. IX, p. 718, l. 18.
(4) *Id.* lib. I, p. 69, l. 3.

appartiennent au fecond article de ce chapitre,
devroient principalement faire l'objet de nos recherches, fi le temps ne les avoit pas tous détruits.
Je ne parlerai pas ici du Panthéon, parce que
l'intérieur de ce temple eft connu par plufieurs
gravures qu'on en a faites. Le veftibule des maifons où cette partie, qui, en entrant, s'offre la
premiere à la vue, & à laquelle on avoit donné
le nom de Ἐνώπια (1), étoit particuliérement
orné ; voilà pourquoi Homere l'appelle ἐνώπια
σαμφανόωντα (2), la partie qui, de tous côtés,
brille & reluit.

Les plafonds qui n'avoient point de compartiment ou panneaux renfoncés, dont j'ai parlé
plus haut, étoient, en général, ornés d'ouvrages
en ftuc, comme on en voit encore, entr'autres,
au plafond d'un bain, à Bayes, proche de Naples, où eft repréfentée, d'une maniere admirable,
Vénus Anadyomene avec des Tritons, des Né-
réides, &c. ouvrage qui s'eft bien confervé jufqu'à
nos jours ; ce qu'il faut fans doute attribuer au
peu de relief de ce travail ; & comme, dans des
temps plus modernes, on a donné plus de relief
à cette efpèce d'ouvrage, ils ont, en général,
beaucoup plus fouffert. A l'églife de St. Pierre,

---

(1) Cafaub. Comment. in Theophraft. c. 21, p. 152,
ed. Needham.
(2) Iliad. 8, 435.

à Rome, dont les rofettes de ftuc ont trois palmes d'épaiffeur, ce dégât a, pour ainfi dire, été immanquable.

On doroit anciennement, comme on le fait encore de nos jours, les figures & les panneaux des plafonds & des voûtes; & l'or d'une voûte écroulée du palais des Empereurs s'eft confervé, malgré l'humidité du lieu, auffi frais que s'il ne venoit que d'être employé. Il faut en chercher la caufe dans l'épaiffeur de l'or battu des Anciens; car, pour leur dorure au feu, leur or étoit en épaiffeur aux feuilles qu'on emploie aujourd'hui pour cet ufage, comme fix font à un, & pour les autres dorures, comme vingt-deux à un, ainfi que Buonarotti nous l'a prouvé (1).

On avoit pu déjà fe former une idée des décorations des chambres, par ce qu'on avoit vu dans les tombeaux, dont l'intérieur s'eft trouvé reffembler à l'intérieur des maifons d'Herculanum, de Refina, de Stabia, de Pompeji. L'ornement ordinaire des chambres y confifte dans l'enduit des murs, & dans de petits tableaux qui y font peints, repréfentant des payfages, des figures d'homme, des animaux, des fruits & des bambochades; car anciennement ces peintures tenoient lieu de tapifferies (3). Les

(1) Offerv. fopra all. Medagl. p. 370--373.
(1) Conf. Plutarch. Alcib. p. 363, l, 21, éd. H. Steph.

peintres de cette efpèce s'appelloient, chez les Anciens, (1) Ρωπ·γραφοι, c'eft-à-dire, *Peintres de petites chofes.*

Sous la voûte des chambres (d'autres avoient des plafonds de bois) régnoit une petite corniche en ftuc, laquelle s'avançoit en faillie de deux ou trois doigts, & elle étoit ou unie, ou bien ornée de feuillages. Cette corniche coupoit la partie fupérieure de la porte, laquelle, fuivant les regles de l'Architecture, devoit avoir trois cin- quiemes de la hauteur de la chambre; & de cette maniere, la chambre fe trouvoit coupée tout au- tour en deux parties. La partie fupérieure, laquelle fervoit comme de frife à la partie d'en bas, étoit à celle-ci comme deux font à trois. L'efpace au-deffus & au-deffous de la corniche étoit par- tagé en compartimens ou panneaux, lefquels étoient plus hauts que larges, & avoient ordi- nairement la largeur de la porte, laquelle for- moit elle-même un de ces compartimens; il y en avoit d'autres plus petits, ronds ou quarrés; dans lefquels on peignoit une figure ou un payfage. Au-deffus de la corniche il y avoit la même divifion, mais de maniere cependant que les com- partimens en étoient plus larges que longs : on y peignoit d'ailleurs auffi des payfages, des ma- rines, ou fujets femblables.

_____

(2) Salmaf. not. in Spartian. p. 23, A.

G

On voit une muraille divifée & décorée de cette maniere dans la galerie des tableaux à Portici. C'eft un morceau de plus de vingt palmes de long, fur quatorze de large. Cette muraille a, comme nous l'avons dit, des panneaux au-deffous & au-deffus de la corniche, laquelle eft enrichie de feuillages. Des trois compartimens d'en bas, celui du milieu eft plus large que celui des côtés; le premier eft encadré en jaune, & les autres en rouge. Entre ces panneaux il y a des raies noires avec des grotefques peints avec élégance. Au milieu des panneaux on voit des payfages fur des fonds rouges ou jaunes. Au-deffus de la corniche il y a quatre autres panneaux, dont deux tombent fur le panneau du milieu d'en bas : fur l'un eft repréfenté un amas de médailles fur une table, avec du papier, des tablettes, une écritoire & une plume ; fur l'autre on voit des poiffons & d'autres comeftibles.

En 1724, on découvrit, fur le mont Palatin, une grande falle de quarante pieds de long, laquelle étoit entiérement peinte. Les colonnes de ces peintures étoient auffi grêles, & auffi extraordinairement longues que celles des tableaux de Portici. Les figures & les autres objets repréfentés fur les murs de cette falle furent enlevés & envoyés à Parme, & ces tableaux pafferent enfuite à Naples avec les autres raretés du cabinet Farnefe. Mais, comme tous ces objets refterent encaiffés & renfermés pendant vingt-quatre ans, toutes les peintures ont été gâtées par la pouffiere; & l'on ne voit plus aujourd'hui, à *Capo di monte*, à Naples, où fe trouve ce cabinet, que les morceaux nuds des murs fur lefquels ces objets étoient peints. Il ne s'eft confervé qu'une feule *herma* ou caryatide, de moitié grandeur naturelle.

On pourroit faire une comparaifon entre l'art de décorer des Anciens, & celui des Modernes, & y employer, pour fe faire comprendre plus facilement, des gravures. Dans le plan des ornemens des Anciens, régnoit toujours la fimplicité, tandis que chez les Modernes, qui ne cherchent point à imiter les Anciens, c'eft exactement le contraire. Les ornemens des Anciens offrent tous entr'eux un certain accord & une certaine harmonie, comme branches appartenantes à un même tronc; mais les Modernes donnent dans des difparates où l'on ne trouve le plus fouvent, comme on dit, ni rime, ni raifon. Enfin, on a employé, à la façade des bâtimens, les bambochades dont les Graveurs François, & ceux d'Augfbourg fe font fervis pendant quelque temps pour encadrer leurs gravures. L'exemple le plus révoltant de la corruption du goût fubfifte en Italie même, & cela à Portici, près de Naples. Le Duc de Caravita y a fait exécuter, en pierre, dans un jardin qu'il a près du palais du Roi, tout ce que l'imagination a jamais produit de plus bizarre & de plus baroque; & ces productions grotesques sont placées, chacune séparément, à une élévation de plusieurs toises, le long de l'allée de ce jardin.

Michel Ange, dont le fertile génie ne pouvoit se contenir dans les bornes de l'économie des Anciens & de l'imitation de leurs chefs-d'œuvres, commença à s'abandonner à des nouveautés & à des excès dans les ornemens; & Borromini, qui le surpassa encore dans ce mauvais goût, l'introduisit dans l'Architecture; goût qui se communiqua bientôt à toute l'Italie, & aux autres pays où il s'est toujours maintenu; car nous nous écartons de plus en plus de la simplicité des Anciens, & de leur majestueuse gravité : semblables à ces Rois du Pérou, dont le jardin étoit orné de plantes & de fleurs d'or, qui servoient à manifester leur grandeur & leur mauvais goût.

REMARQUES

Sur l'Architecture de l'ancien Temple de Girgenti en Sicile.

PAR M. WINCKELMANN.

CES Remarques ne paroîtront fans doute pas inutiles à ceux qui connoiffent le grand Ouvrage du P. Pancrazi fur les Antiquités de la Sicile, puifque cet Ecrivain n'y entre, pour ainfi dire, dans aucun détail fur l'architecture de ce temple & des autres édifices dont il a donné les planches. Les Savans n'aiment pas à s'écarter de la route qu'ils fe font tracée : voilà pourquoi M. le Chanoine Mazocchi, l'un des hommes les plus inftruits de notre temps, dans la favante Differtation fur la ville de Peftum, qui fe trouve jointe à fon Explication des Tables d'Herculanum, paffe entiérement fous filence, comme s'il n'avoit jamais exifté, le temple de Peftum, dont je parlerai ici en paffant.

Le P. Pancrazi, de l'Ordre des Théatins, vit encore actuellement (en 1759) à Cortone en Tofcane, fa patrie, hors de fon Ordre & retiré du monde, à caufe de l'efpèce d'enfance dans laquelle il eft tombé, & qu'on attribue au chagrin

G iij

qu'il a eu de n'avoir pu subvenir aux frais que demandoit son ouvrage ; s'étant vu trompé dans ses espérances à cet égard, qu'il avoit principalement fondées sur la libéralité de l'Anglois à qui il en a dédié les planches ; parce que, faute de bien connoître la nation Britannique, il avoit pris pour une même chose l'idée qu'il s'en étoit formée & la générosité qu'il en attendoit.

Comme son projet étoit de faire un Ouvrage considérable, il fit imprimer en entier la lettre de Phalaris, qu'il prit pour fondement de l'histoire de la ville d'Akragas, à laquelle les Romains ont donné le nom d'Agrigente, & qui est aujourd'hui connue sous celui de Girgenti. Il se fonde sur le témoignage de Dodwel, qui, contre toute vraisemblance, regarde cette lettre comme authentique. Il est à croire que l'Auteur n'a pas lu la derniere dissertation que Bentley a écrite en anglois sur cette lettre, ce livre étant fort rare en Italie ; car je ne pense pas, qu'après des recherches aussi savantes, il en reste encore d'autres à faire sur ce sujet.

Mon intention n'est pas de faire des observations critiques sur les Antiquités de la Sicile, mais seulement de rassembler quelques remarques sur l'architecture dorique des plus anciens temps ; parce que ni Vitruve, ni ceux qui sont venus après lui, ne nous disent rien de l'ancien style de cet ordre d'architecture. Ceux qui, jusqu'à présent, ont

voulu écrire l'histoire de l'architecture grecque,
ont été obligés de passer avec Vitruve tout d'un
coup du temps où le besoin de se garantir des
intempéries de l'air enseigna l'art de construire
des cabannes & de bâtir des maisons, à celui où
l'architecture se trouva à son plus haut degré de
perfection. Je tâcherai donc de remplir le laps
de temps qui s'est écoulé entre ces deux périodes
de l'Art. Mais je me vois obligé de me borner à
des recherches qui ne demandent aucune planche.
Mes moyens ne m'ont pas encore permis de voir
par moi-même les antiquités de Girgenti, & je
n'établis mes remarques que sur les observations
qui m'ont été communiquées par M. Robert Mylne,
Ecossois, grand amateur de l'Architecture, qui a
vu & examiné avec beaucoup de soin les restes
des anciens édifices de la Sicile, & qui vient de
retourner, depuis peu, dans sa patrie.

Les dimensions dont je me servirai sont prises
sur le pied d'Angleterre, qu'il sera facile au lecteur de comparer à d'autres mesures. Le pied
anglois est plus petit que l'ancien pied grec, mais
cette différence se réduit à très-peu de chose. Le
pied anglois, qui a douze pouces, est d'un $\frac{875}{10000}$
de pouce plus petit que le pied grec. Le pied
de Paris est plus grand que le pied anglois, &
contient un $\frac{9160}{10000}$ de ses pouces de plus que ce
dernier. Si l'on divise le pied de Paris en dix
mille parties, le pied grec n'aura que 9431 de

ces parties. Ce rapport exact m'a été donné par M. Henry, Ecuyer Ecossois, qui s'est rendu célèbre par ses voyages, & qui l'a tiré des remarques qu'il a faites sur le rapport des mesures, pour rectifier les Tables d'Arbuthnot. M. Henry demeure depuis quelque temps à Florence.

Le temple de la Concorde, à Girgenti, est sans doute un des plus anciens édifices grecs qu'il y ait au monde, & la partie extérieure s'en est conservée en entier. L'Auteur des Explications des Antiquités de la Sicile en a donné le plan & l'élévation ; mais il n'est entré dans aucune description, parce que la personne qu'il avoit employée pour en faire le dessin, s'étoit réservé cette partie. Mais il est difficile de traiter cette matiere, quand on n'a aucune connoissance de l'Architecture.

Ce temple est de l'ordre dorique & hexasty-périptérique, c'est-à dire, dont le pourtour porte sur une suite de colonnes isolées, & qui en a six par devant & autant par derriere, qui forment le *pronaos* & *l'opistodomos*, ou deux portiques libres à l'entrée & par derriere. De chaque côté il y a onze colonnes, ou bien treize, en comptant deux fois celles des angles. Il y a deux temples à Pestum, sur le bord du golfe de Salerne, dont l'extérieur ressemble parfaitement à ce temple de Girgenti, & qui paroissent de la même antiquité. On avoit déjà fait la description du temple de Girgenti ; mais il n'y a que dix ans qu'on a parlé

pour la premiere fois de ceux de Peſtum (1) :
quoique ces derniers n'aient ſouffert aucun dom-
mage, & qu'ils aient toujours été expoſés libre-
ment à la vue dans une vaſte plaine inhabitée,
ſur le bord de la mer. Le défaut de renſeigne-
mens ſur ces édifices eſt cauſe qu'on n'a connu,
juſqu'à-préſent, aucun autre ouvrage de l'ordre
dorique des Grecs, que les colonnes d'en bas
du théatre de Marcellus, de l'amphithéatre de
Veſpaſien à Rome, & celles d'un porche à
Verone (2).

Les colonnes du temple de Girgenti n'ont pas
tout-à-fait, y compris les chapiteaux, cinq diamètres de hauteur près de leur baſe, comme celles
de Peſtum. Vitruve fixe la hauteur des colonnes
doriques à ſept diamètres ou quatorze modules,
ce qui revient au même : car un module fait la

---

(1) M. Groſley dit qu'un jeune éleve d'un Peintre de
Naples fut le premier qui, en 1755, réveilla l'attention des
curieux ſur les reſtes précieux d'architecture qu'on voit à
Peſtum. En 1767, M. Morghan les fit graver en ſix feuilles,
dont M. de la Lande a donné un extrait dans une ſeule
planche. Il n'y a pas long-temps qu'on a publié à Londres
de belles gravures des monumens de Peſtum. En 1769, le
Libraire Jombert a imprimé, à Paris, *les Ruines de Peſtum,*
avec dix-huit planches.

(2) Chambray, dans ſa *Comparaiſon de l'Architecture
ancienne & moderne*, place, par ignorance, le théatre de
Vicence, bâti par Palladio, au rang des ouvrages anciens·

moitié d'un diamètre. Cependant, comme cet Ecrivain a voulu déterminer ses dimensions de l'Architecture, comme celles du corps humain, en partie sur le mystere de certains nombres, & en partie sur l'harmonie, il n'a pu donner d'autre raison de ces sept diamètres que son nombre mystérieux de sept; idée qu'il faut mettre au rang du rêve des Modernes, touchant la septieme en Musique. On pourroit trouver quelque fondement de six diamètres des colonnes, dans la proportion du pied, que les plus anciens Statuaires ont regardé comme faisant la sixiéme partie de la hauteur d'une figure. Quant à la hauteur des colonnes dont il est question ici, il faut en chercher la raison dans le plan du temple, & non pas dans les colonnes mêmes; car leur proportion ne peut pas être déterminée par le diamètre entier, puisqu'il manque un pied & un pouce à ce qui est par-delà quatre diamètres. Je trouve que la hauteur des colonnes est égale à la largeur de l'édifice, laquelle étoit toujours, aux temples doriques, de la moitié de la longueur de la masse entiere ou de la nef seulement. Il ne falloit donc pas chercher ici la savante proportion dans quelque chose d'étranger à l'édifice, puisque cette proportion se trouvoit dans le temple même.

Si l'on pouvoit prendre à la lettre un passage de Pline, où il dit que, dans les temps les plus reculés, la hauteur des colonnes étoit du tiers de la largeur du temple (1), les colonnes devoient être encore plus courtes que celles dont nous parlons; car, fi nous portons à 50 pieds la longueur d'un temple, & par conféquent fa largeur à 25, les colonnes auront environ 8 pieds de hauteur. Si maintenant nous prenons 2 pieds pour le diamètre des colonnes, elles n'auront que quatre diamètres d'élévation.

Ces colonnes font d'une forme conique, dont il faut moins attribuer la caufe à la proportion de ces colonnes qu'aux vues de l'Architecte; car une forme cylindrique avec des diamètres égaux par le haut & par le bas, auroit expofé les pierres dont les colonnes font faites, à fe fendre & à fe crévaffer, parce que le poids de l'entablement auroit principalement porté fur l'axe du cylindre; mais la diminution conique raffemble davantage le point d'appui. Ces colonnes ont des cannelures doriques, c'eft-à-dire, que deux canaux fe joignent par un angle aigu, au lieu que les cannelures ioniques & corinthiennes ont des angles plats.

L'entablement de ce temple, comme celui des autres, confifte en trois parties : l'architrave qui pofe directement fur le chapiteau des colonnes,

_____

(1) *Antiqua ratio erat columnarum altitudinis tertia pars latitudinis delubri.* Hift. Nat. lib. XXXVI, c. 56.

N. du T.

la frife & la corniche. Vitruve veut que la hauteur
des parties de l'entablement foit proportionnée
à la longueur des colonnes; & quelques architectes modernes prétendent que l'architrave ne
doit pas avoir beaucoup au-delà de la moitié
de la frife : cependant on ne trouve pas que l'une
& l'autre de ces regles aient été connues de la
haute Antiquité. Car au temple de Girgenti, ainfi
qu'à ceux de Peftum, l'entablement eft grand &
magnifique, & plus maffif que la hauteur des colonnes ne l'exigeoit : &, à vue d'œil, l'architrave & la frife paroiffent avoir la même hauteur.
L'on peut d'ailleurs conclure que cela a fans doute
été ainfi, par la mefure de l'entablement du temple de Jupiter Olympien ; la corniche a à-peu-
près les trois quarts de la hauteur de la frife.

La proportion des triglyphes & des métopes,
ou de l'intervalle quarré entre ces triglyphes ou
boffage, eft la même qu'aux autres édifices d'ordre
dorique que nous connoiffons. Mais comme il
n'y a pas à Rome d'édifice entier de cet ordre,
on ne peut voir qu'à ces temples la diftribution
des Anciens dans la fymmétrie, relativement aux
triglyphes fur les colonnes de l'angle, qui ne portent pas fur le milieu de ces colonnes, mais qui
font jettés contre l'angle des frifes, pour ne pas
laiffer cet angle à découvert. Les triglyphes de
ces temples ne font pas travaillés fur la frife
même, mais ils y font encaftrés; & à l'un des

temples de Peſtum ils manquent tous, à un ſeul près, en ayant ſans doute été enlevés dans les temps barbares.

Comme les triglyphes, ſur les quatre colonnes des angles, ſont portés contre le tranchant des friſes, leurs métopes doivent être un peu plus grands que ceux des autres; ce qui ne s'apperçoit néanmoins pas à la ſimple vue, parce que les colonnes les plus voiſines de l'angle ſont plus ſerrées que celles du milieu; de ſorte que l'entre-colonnement des trois colonnes de chaque angle eſt plus petit que les ſuivans, avec cette différence cependant que le premier intervalle eſt plus petit que le ſecond, & celui-ci plus petit que le troiſiéme; différence qu'on ne peut néanmoins pas appercevoir à la ſimple vue, mais ſeulement par le compas. Ces colonnes rapprochées des angles n'ont pour objet que la plus grande ſolidité de l'édifice, comme il eſt facile de s'en appercevoir.

Les cinq grandes ouvertures circulaires par le haut, qui ſervent de fenêtres au temple de Girgenti, ont été percées, comme on le voit diſtinctement, dans des temps poſtérieurs, & probablement par les Sarraſins, qui ſe ſont ſervis de ce temple, comme on le ſait : car les temples quarrés des Anciens ne tiroient, en général, le jour que par la porte d'entrée.

La fermeture des portes du temple de Gir-

genti a été enlevée, ainſi qu'à celles des temples
de Peſtum ; mais il eſt à croire qu'elle aura été
plus étroite par le haut que par le bas, dans le
goût des portes doriques décrites par Vitruve ;
& comme on le voit dans un autre petit temple
de Girgenti, auquel les habitans ont donné le
nom de Chapelle de Phalaris, dont la porte a
cette eſpece de fermeture. Le Deſſinateur du
P. Pancrazi a caché cette porte par un arbre, je
ne ſais pourquoi, ſur ſa planche (*Tome II*, *tab.*
14), de ſorte qu'on n'en peut pas voir la forme.
Cette porte a été murée par les Moines, qui en
ont fait percer une autre du côté oppoſé où il
n'y en avoit point. Pourquoi? parce que l'autel
devoit être expoſé vers un certain point du ciel.

Cette eſpece de portes n'étoit pas particuliere
à l'ordre dorique ſeul, comme on pourroit le
croire d'après Vitruve ; mais il paroît que, dans
la haute Antiquité, on leur donnoit ſouvent cette
forme ; du moins eſt-il certain qu'elles étoient en
uſage chez les Egyptiens, comme on peut s'en
convaincre par les portes qu'on voit ſur la table
Iſiaque & ſur pluſieurs pierres égyptiennes gravées. La ſolidité étoit le motif qui leur faiſoit
donner cette forme ; car le poids & le fardeau
de l'édifice ne portent pas ſeulement ſur l'architrave de la porte, mais encore ſur les deux
montans des côtés, placés de biais.

Les ornemens du temple de Girgenti & de ceux de Peſtum ſont, comme l'étoient en général ceux des plus anciens temps, ſimples & maſſifs. Les Anciens cherchoient la grandeur, dans laquelle conſiſte la vraie magnificence; c'eſt pourquoi les parties de ce temple ſont fort ſaillantes, & beaucoup plus que du temps de Vitruve, ou que cet Architecte ne l'enſeignoit lui-même. Un goût diamétralement oppoſé à celui des Anciens ſe remarque à ces édifices de Florence & de Naples, bâtis peu de temps après le renouvellement de l'Art; car, comme on a toujours plus conſervé en Italie qu'ailleurs l'idée de l'architecture ancienne, il ſe forma de cette eſpèce de réminiſcence & du goût de ce temps-là, une certaine pratique mixte. On laiſſa à peine appercevoir les corniches & les avant-toits, parce qu'on chercha la beauté dans les petites choſes. La ſimplicité conſiſte, entr'autres, dans le peu de ſaillie ou de cambrure; voilà pourquoi il n'y a à nos temples ni cannelure, ni cimaiſe convexes; mais tout y eſt en ligne preſque droite, excepté la ſeule partie du chapiteau, laquelle eſt, en général, ornée de ce qu'on appelle gouttes, & qui, aux temples de Peſtum, forme un méplat, pour ainſi dire, imperceptible, & n'a point les gouttes en queſtion. C'eſt dans ce même goût que ſont faits les plus anciens autels & cénotaphes (*Conf. Fabretti Inſcr. c. III,*

p. 239, c. x, p. 696, n°. 172); & c'eſt ce qui
nous en prouve la haute antiquité.

Les principales recherches du P. Pancrazi ſe
ſont bornées à trouver, parmi les ruines de l'ancienne ville d'Agrigente, le temple de Jupiter
Olympien, dont les amas de pierres & la tradi-
tion du nom, qui s'eſt conſervé parmi les habitans du pays, lui firent découvrir l'emplacement.
On n'y voit, dit-il, pas autre choſe ; & il n'eſt
pas poſſible de ſe former la moindre idée du
plan, ou de l'eſpace du terrein qu'occupoit ce
temple. Tout ce qu'il trouva, fut un ſeul triglyphe qui ſervoit à prouver qu'il étoit de l'ordre
dorique ; & des entailles en forme de fer à cheval
dans quelques pierres qui, ſuivant lui, ont ſervi
à élever ces pierres avec plus de facilité. Il cite
le paſſage de Diodore de Sicile touchant ce temple, ſans rien ajouter de plus. Fazelli n'en dit
pas davantage.

Suivant Diodore de Sicile, ce temple de Jupiter
étoit le plus grand de tous ceux de la Sicile,
& pouvoit, à cet égard, être comparé aux plus
beaux temples qui ſe trouvoient par-tout ailleurs.
Il donne la meſure de ſa longueur, de ſa largeur, de ſa hauteur, ainſi que du diamètre des
colonnes.

On voit encore aujourd'hui le plan entier des
fondemens de ce temple, qui eſt expoſé aux
regards

regards de tout le monde, mais entouré, à la vérité, de ruines entaffées les unes fur les au-tres, & par-deffus lefquelles l'auteur des Anti-quités de la Sicile & fon compagnon ne fe font pas avifés de regarder. Ces ruines renferment un efpace de terrein libre, couvert d'herbes, qui fait fi bien connoître le plan du temple, que, dans quelques endroits, on voit les marches qui ré-gnoient tout autour de cet édifice. On remarque auffi un endroit où l'on a fouillé à cinq coudées de profondeur dans les fondemens.

L'étendue de cette place s'accorde avec la mefure que Diodore de Sicile a donnée de ce temple, qui porte fa longueur à 340 pieds. Sui-vant la mefure angloife, elle eft de 345 pieds, parce que le pied anglois eft un peu plus petit que le pied grec, ainfi que je l'ai dit plus haut. La largeur de la place eft de 165 pieds; ce qui différe beaucoup de la mefure de 60 pieds que Diodore donne pour la largeur de ce temple.

Mais fi la largeur d'un temple doit être de la moitié de fa longueur, 170 étant la moitié de 340, la mefure de la largeur actuelle, qu'on ne peut pas prendre bien exactement fous les ruines, approcheroit affez de cette dimenfion. Par con-féquent, la mefure de 60 pieds de Diodore, ne peut pas être jufte, & il manque certainement une centaine devant le nombre foixante. La

H

moindre réflexion fur les dimenfions que les Anciens donnoient à leurs temples auroit dû faire douter de l'exactitude du texte grec de Diodore : cependant, perfonne n'y avoit penfé jufqu'à-préfent. Les manufcrits de Diodore de Sicile, que j'ai vus à Rome & à Florence, ainfi que ceux de la bibliothéque Chigi, à Rome, qui font les plus anciens, s'accordent tous avec la leçon imprimée. Il ne faut pas s'imaginer que les Grecs aient bâti leurs temples fur le plan d'une certaine Cathédrale proteftante, conftruite depuis peu en Allemagne, & qu'ils leur aient donné une façade de la fixiéme partie de leur longueur.

La hauteur de ce temple, fans compter l'élévation des marches du pourtour, (χωρὶς τῦ χρηπιδώματος) étoit de 120 pieds. Κρηπίδωμα n'a pas été entendu par les traducteurs ; car on a cru que ce mot fignifioit les fondemens. Le nouveau traducteur françois a voulu épiloguer fur ce paffage, & n'a fait que prouver fon ignorance (1). Il

---

(1) Voici la note de M. l'Abbé Terraffon dont M. Winckelmann veut parler : « Il y a dans le grec χωρὶς τῦ χρηπιδώματος que Rhodoman traduit par *fundamento tamen excepto*. Mais on n'a jamais fait entrer les fondemens, qu'on ne voit point, dans la defcription d'un édifice. Δωμα fignifie d'ailleurs le haut d'une maifon, d'où nous vient *dôme*. Ainfi, χρηπισώμα doit être ici la corniche, l'impofte de la voûte

pense qu'il y est question de la corniche. Pourquoi? parce que δῶμα signifie aussi le haut d'une maison; ce qu'il auroit du moins dû chercher à prouver. D'ailleurs, personne n'ignore que la corniche ne sert pas à couvrir la voûte.

Les colonnes en dehors étoient arrondies & quarrées en dedans, suivant l'expression de Diodore, à laquelle se tient le traducteur latin avec le même laconisme. Par quarrées en dedans on peut entendre que ces colonnes étoient taillées quarrément dans le mur. Il y a à Volsena une partie de colonne de porphire semi-circulaire, dont l'autre moitié est quarrée. Je crois néanmoins plutôt que Diodore a voulu dire : que ce temple avoit extérieurement des colonnes semi-circulaires, & que l'intérieur en étoit décoré de pilastres (1).

Ces colonnes semi-circulaires avoient 20 pieds de circonférence. L'*intérieur* (mot que le traducteur n'a de même pas compris), l'intérieur

_____

ou du comble, dont on ne pouvoit pas donner la hauteur, puisqu'il n'étoit pas fait ».

(1) M. l'Abbé Terrasson a traduit : « On a employé, dans ce temple, deux pratiques d'architecture jointes ensemble; car, d'espace en espace, on a placé dans les murs des piliers qui s'avancent en dehors, en forme de colonnes arrondies, & en dedans en forme de pilastres taillés quarrément ».

de ces colonnes, dis-je, étoit de 12 pieds (1).
Si le diamètre d'une colonne pris trois fois, en
fait toute la circonférence, qui feroit ici de 36
pieds, la moitié de cette circonférence auroit été
de 18 pieds; mais comme elle étoit de 20 pieds,
il faut que ces colonnes aient décrit plus d'un
demi-cercle. Quelques morceaux de ces colonnes nous ont prouvé auffi que cette dimenfion étoit exacte; car le diamètre étoit d'un peu
plus de 11 pieds anglois, comme on a pu le
déterminer par plufieurs morceaux tronqués. Le
diamètre des huit colonnes femi-circulaires de
la façade de l'églife de Saint Pierre, à Rome, qui
font les plus grandes colonnes connues des temps
modernes, doit être à-peu-près de 9 pieds anglois, ce qui peut fervir à nous faire une idée
de la grandeur des colonnes du temple de Jupiter.

Vitruve, en parlant des différentes efpeces de
temples, ne fait aucune mention de ceux à colonnes femi-circulaires. On ne trouve pas non
plus, chez aucun autre Ecrivain, la moindre
chofe d'un édifice grec auffi ancien. Le temple
de la Fortune Virile, qui eft aujourd'hui l'églife de
Sainte Marie Egyptienne, à Rome, le plus mauvais de tous les anciens édifices, eft décoré de
pareilles colonnes : il y a auffi des colonnes femi-

---

(1) Le texte de M. l'Abbé Terraffon porte : « Les pi-
laftres du dedans ont douze pieds de largeur ».

circulaires au théatre de Marcellus, & à l'amphithéatre de Vespasien.

Diodore nous donne une idée sensible de la
grandeur des colonnes du temple de Jupiter, quand
il dit qu'un homme pouvoit se placer dans une
seule des cannelures (διάξυσμα); dont il doit y
en avoir 20 à une colonne dorique. La largeur
des cannelures des morceaux qui en restent est
de deux palmes romains, ou deux empans & trois
pouces & demi, d'une arrête à l'autre ; espace
suffisant pour contenir un homme. Le Pere Pancrazi se plaint de n'avoir pu trouver aucune trace
des colonnes de ce temple. Les plus grandes
colonnes cannelées antiques, qui se voient à
Rome, sont trois colonnes isolées avec leur entablement au *Campo vaccino.* Elles ont 41 pieds
5 pouces romains de hauteur ; leur diamètre est
de 4 pieds 14 pouces ; mais leurs cannelures
n'ont que la moitié de la largeur de celles du
temple de Jupiter, car elles ne sont que d'un
grand empan. Les plus grandes colonnes des
temples grecs, après celui d'Agrigente, étoient
celles d'un temple de Cizicum, dont la circonférence étoit de 4 Ὀργυιαὶ ou brasses, (la Ὀργυιὰ
compté à 6 pieds grecs); & l'on prétend que ces
colonnes étoient faites d'une seule pierre. (*Strab.*
lib. XIV, p. 941).

Les colonnes du temple d'Agrigente n'étoient

pas faites ainfi d'un feul bloc, mais de différens petits morceaux inégaux, difpofés fuivant la dimenfion du tout; voilà ce qui fait qu'on n'en peut pas reconnoître les reftes au premier coup-d'œil.

L'entablement au-deffus des colonnes confiftoit en trois grandes maffes de pierre pofées l'une fur l'autre, & qui compofoient un tout. Les architraves & les frifes étoient, comme celles du temple dont nous avons parlé, d'une égale hauteur; c'eft-à-dire, que chacune de ces parties avoit 10 pieds anglois d'élévation. Les corniches, dont il ne s'eft rien confervé, doivent avoir eu environ 8 pieds de hauteur. Les triglyphes, ainfi que je l'ai remarqué, étoient de même encaftrés dans les frifes & d'un feul bloc de 10 pieds de haut. On en a trouvé deux dans les ruines. Il ne s'eft confervé qu'un feul chapiteau entier : il étoit d'une feule pierre qu'on ne pouvoit mefurer que par le moyen d'une échelle.

Les dimenfions que nous avons indiquées peuvent être accordées avec la hauteur du temple, donnée par Diodore de Sicile; & le diamètre des colonnes, ainfi que les dimenfions de l'entablement, comparés à la hauteur de 120 pieds (hauteur du temple), nous conduifent à la connoiffance de la hauteur des colonnes. Celles-ci ne peuvent pas avoir été auffi écrafées que celles

du temple de la Concorde & de ceux de Peſtum.
Elles ne peuvent pas non plus avoir eu la hauteur que Vitruve donne aux colonnes doriques;
c'eſt-à-dire, de ſept fois leur diamètre; car,
pour faire accorder la dimenſion indiquée avec
la hauteur du temple, on ne peut donner à ces
colonnes ni plus ni moins de ſix diamètres. Suivant Diodore, le diamètre des colonnes étoit de
12 pieds; or, ſix fois douze font ſoixante-douze.
Les architraves & les friſes étoient de 20 pieds
anglois, & les corniches d'environ 8. L'élévation
des colonnes & de l'entablement pris enſemble
alloit à 100 pieds. Les 20 autres pieds de toute
la hauteur, juſqu'à la pointe du frontiſpice, reſtent donc pour cette derniere partie : car le frontiſpice ou la cime du portail étoit, dans les
anciens temps, fort écraſé, ainſi qu'il paroît par
l'autre temple de Girgenti, & par l'un de ceux
de Peſtum, auquel cette partie a été conſervée.

Il ſembleroit, par ce que nous venons de dire,
qu'on a paſſé par dégrés dans la proportion de la
hauteur des colonnes ſur la largeur du temple,
comme nous l'avons obſervé plus haut, à celle
de ſix diamètres, & enfin à celle de ſept. Il paroît
donc que la hauteur de ſix diamètres a été la
proportion des colonnes doriques dans les plus
beaux temps de la Grece : car, pendant la qua-
tre-vingt-treiziéme olympiade, les Carthaginois

H iv

vinrent, pour la feconde fois, en Sicile, & c'eft alors qu'Agrigente fut faccagée par ces conquérans : c'eft cette guerre, dit Diodore, qui fit fufpendre la conftruction de ce temple.

Comme je crois avoir prouvé que les colonnes de ce temple ne peuvent avoir eu ni plus ni moins de fix diamètres de haut; le temple de Thefée, à Athènes, qui eft plus ancien, & qui a été bâti immédiatement après la bataille de Marathon, ne peut donc pas avoir eu des colonnes dont le fût feul ait été de fept diamètres, que Pococke donne à ces colonnes, ainfi qu'à toutes celles des autres édifices doriques, à Athènes.

Le temple dont nous parlons doit avoir été hexaftyle, c'eft-à-dire, qu'il avoit fix colonnes de front : car, fix colonnes de 12 pieds de diamètre font déjà 72 pieds; & cinq entre-colonnemens, chacun de trois modules ou d'un diamètre & demi des colonnes, font 90 pieds; par conféquent le tout enfemble va à 162 pieds; ce qui, à 2 pieds près, s'accorde avec la largeur de 160 pieds.

On trouve encore, dans quelques groffes pierres de l'entablement, des marques du mécanifme dont on s'eft fervi pour la bâtiffe de ce temple. Ce font des entailles en forme d'une demi-ellipfe aux deux petits côtés de la pierre. Dans ces

entailles on paſſoit un cable ou une chaîne, qui,
en élevant ces grandes maſſes de pierre, alloient
ſe joindre enſemble par le haut.

Par ce moyen, on plaçoit les pierres les unes
à côté des autres ſans le ſecours d'aucun lévier; &
lorſque ces pierres ſe trouvoient à leur place, on
en ôtoit le cable ou la chaîne, & l'on bouchoit
enſuite, avec du bois, l'entrée de l'entaille qui
étoit en haut, afin qu'il n'y pénétrât aucune humidité. On a trouvé dans l'une de ces entailles un
peu de bois qui, depuis plus de deux mille ans,
s'y eſt bien conſervé. Parmi les deſſins d'anciens
édifices du célebre Architecte San Gallo, qui
ſont dans la bibliothéque Barberine, j'ai vu, dans
les ruines du temple de Vénus, à Epidaure, en
Grece, une pareille entaille aux pierres; mais
elle y eſt angulaire. Cette méthode d'élever de
grandes maſſes de pierre & de les poſer en même
temps à leur place, eſt ſans doute beaucoup préférable à celle qu'indique Vitruve (*lib. X, c. 5*);
& les ſacs de ſable dont Pline parle, ſuivant l'explication de Poleni (*Diſſ. ſopra al tempio di
Diana d'Efeſo. § XIX.*) paroiſſent ridicules en
les comparant à cette méchanique des Grecs.

On voit par-là combien la maniere d'opérer
des Anciens étoit ſimple; & il paroît que, malgré
leurs arts & le ſecours de l'algebre, les Modernes
n'ont pas encore pu parvenir à la perfection des

forces mouvantes des Anciens. Qu'on se rappelle
la grandeur énorme des obélisques. Tout l'uni-
vers a retenti des préparatifs que Fontana fit pour
dresser un obélisque sous le pontificat de Sixte V,
tandis qu'on ne trouve rien sur la maniere dont
les Anciens s'y prenoient pour les élever. De
nos jours Zabaglia nous a montré, à Rome,
combien la voie la plus naturelle & la plus facile
est préférable, dans la méchanique, à toutes les
forces compliquées des roues & des poulies,
quand la nature des choses ne l'exige point. Cet
homme admirable, qui n'avoit jamais reçu aucune instruction, & qui même ne savoit ni lire
ni écrire, a inventé, par la seule force de son
génie, des machines qui ne paroissent rien en
elles-mêmes, mais dont les effets sont surprenans,
& avec lesquelles il a opéré des choses qui étoient
restées inconnues aux autres Architectes.

Comme le temple de Jupiter, dont il est ici
question, n'a pas été achevé, il est arrivé qu'avec
le temps on a bâti, tout à côté de ce temple,
des maisons, jusqu'à ce qu'enfin cet édifice en a
été tout-à fait entouré. Voilà ce qu'il faut entendre par ce passage de Diodore, dont personne,
à ce que je crois, n'a compris le sens. Τῶν δ'ἄλλων
ἢ μίχρι τοχων τῆς νεὼς οἰκοδομουντων, ἢ κυκλῶσι τῆς οἴκους
τεροιλαμβανόντων. La traduction latine du premier
Comma est : *cum alii ad parietes usque templa*

éducant. Mais il faut lire : τοὺς νεώς, τοῦ νεώ, ce qu'on doit traduire : *cum alii ad parietes ufque templi ædificiis fabricandis accederent.* Dans le fecond Comma Henri Etienne & Rhodoman ont lu, au lieu de Κυκλῶσι, *in circuitu,* κίοσι, *columnis.* Weffeling cherche à conferver ces deux mots, & croit qu'il faut lire : κυκλω κίοσι, ou bien κυκλῶσι κιόνων.

Je me tiens ici à la leçon imprimée, & le lecteur, inftruit dans la langue grecque, verra, fans qu'il foit néceffaire de faire une longue differtation académique, fi ces Savans ont compris le texte, & laquelle de ces explications eft à préférer. Le traducteur françois a paffé tout cela fous filence.

Cette courte differtation pourra peut-être engager quelque Savant à faire des recherches plus exactes fur les lieux mêmes, touchant les anciens temples de la Grece, tel, par exemple, que celui de Simium, fur le promontoire Attique, qui porte fur dix-fept colonnes entieres, & qui mérite une defcription plus exacte que celle qu'on en trouve dans la relation du voyage de M. Fourmont en Grece (*Mém. de l'Académie des Infcr.* *tom. VII, pag. 344, éd. de Paris, 4°*). Tout dépend de la maniere dont on voit les chofes. Spon & les Voyageurs les plus érudits fe font bornés à chercher des infcriptions & des livres anciens. Cluvier & Holstein se sont occupés de la Géographie ancienne, & d'autres ont eu pour but quelqu'autre objet; mais jusqu'ici personne n'a pensé à l'Art. Il y a encore beaucoup de choses à dire des ouvrages de l'Architecture des Anciens qui sont à Rome & aux environs de cette ville. Desgodets n'a fait que mesurer : il reste donc à un autre à nous donner des observations & des regles générales sur cet art.

Ἀλλὰ τι τοισδ᾽ ἐπικειμ᾽, ὡσεί μεγα χρῆμα τι πρἀσσων.

Empedocl. Agrigentini, ex Laertio.

F I N.

TABLE
DES MATIERES.

A

C

E.

F.

I

M.

N.

I iij

V.

W.

Z.

ERRATA.

Page 8, *ligne penultieme*, demie *lisez* demi.

Page 21, *ligne* 5, il doit y en avoir seize, *lisez* il doit y en avoir eu seize.

Page 30, *ligne penultieme*, Cannus, *lisez* Caunus.

Page 32, *ligne* 18, des derrieres, *lisez* de derriere.

—— *ligne* 19, de même bois, *lisez* du même bois.

Page 34, *ligne* 8, qui avoit un des fragmens, *lisez* qui avoit vn des fragmens.

—— *ligne* 37 & 38, dimittere, *lisez* demittere.

Page 45, *ligne* 12, Sarvus, *lisez* Saurus.

Page 48, *ligne* 22, & on en voit à la Niobé, *lisez* & on voit à la Niobé.

Page 69, *ligne* 14, mettez une virgule après Rotonde.

Page 83, *ligne* 8, mettez une virgule après *della Pace*.

Page 84, *ligne penultieme*, & aux Eglises, *lisez* & aux édifices.

Le Privilege est à la fin des Œuvres.

De l'Imprimerie de COUTURIER, Quai & près l'Eglise des Augustins.

Romæ in æde S. Laurentii extra muros.

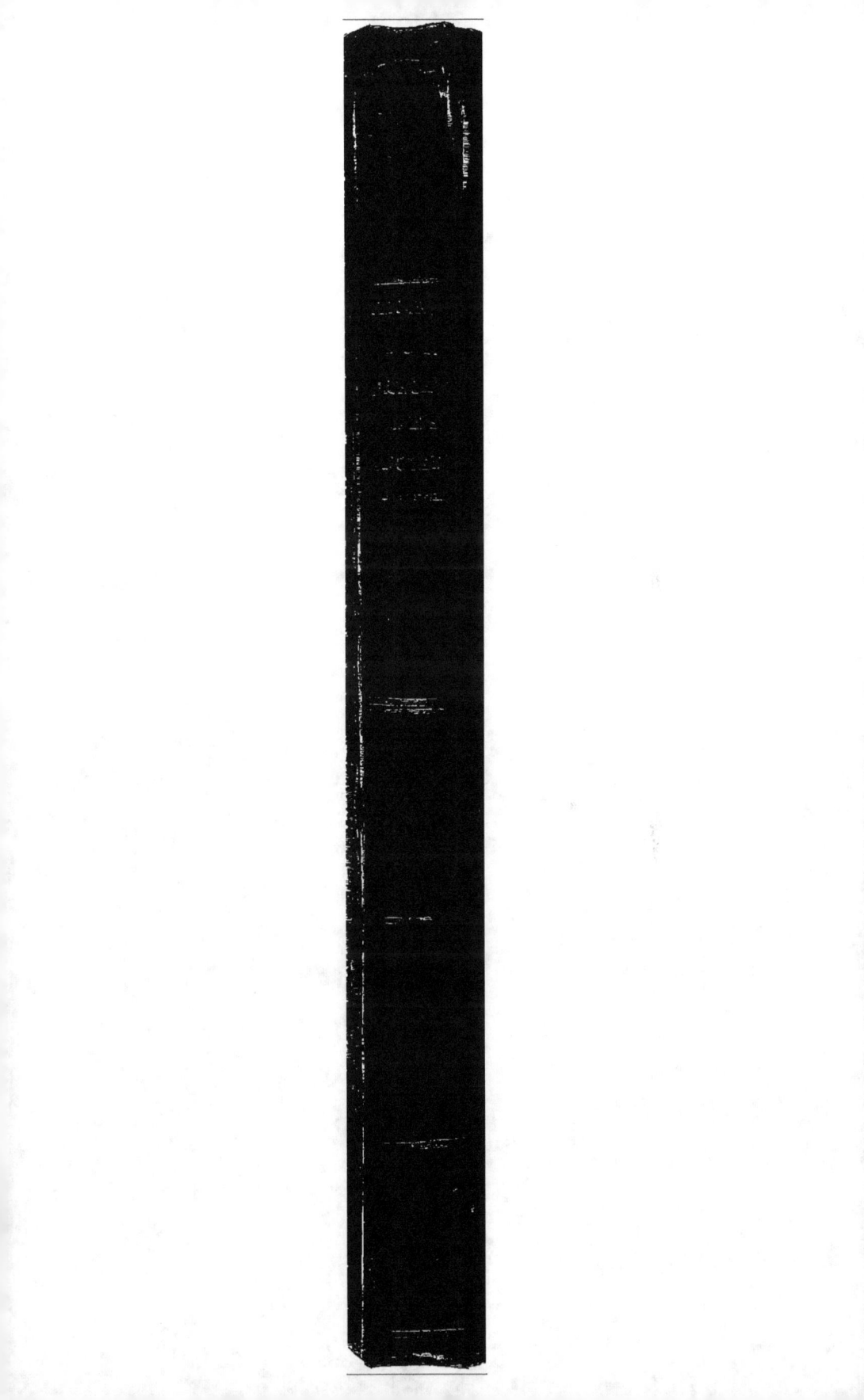

www.ingramcontent.com/pod-product-compliance
Lightning Source LLC
Chambersburg PA
CBHW051130260626
47170CB00005B/1753